La Belle de Carnac

Cet ouvrage de pure fiction n'a d'autre ambition que de distraire le lecteur. Les événements relatés ainsi que les propos, les sentiments et les comportements des divers protagonistes n'ont aucun lien, ni de près ni de loin, avec la réalité et ont été imaginés de toutes pièces pour les besoins de l'intrigue. Toute ressemblance avec des personnes ou des situations existant ou ayant existé serait pure coïncidence.

Gisèle GUILLO

La Belle de Carnac

Collection

ENQUÊTES & SUSPENSE

Quadri Signe - Editions Alain Bargain
125, Vieille Route de Rosporden - 29000 Quimper
E-mail : editions.alain.bargain@wanadoo.fr
Site internet : perso.wanadoo.fr/editions.bargain

I

La sonnerie la fit sursauter. Elle ralentit un peu. Sa main gauche se fit plus ferme sur le volant, tandis que, de la droite, elle tâtonnait précautionneusement sur le siège, vide, du passager. Elle saisit le portable, le colla à son oreille :

— J'écoute…

— C'est moi.

Enfin ! Un bref instant, elle se prit à imaginer le visage de cette inconnue dont la voix commençait à lui devenir familière, une voix féminine, un peu flûtée, avec des accents presque enfantins.

— Où êtes-vous ?

— J'approche. Attendez un instant…

Elle doubla une camionnette, revint sur la voie de droite, reprit son portable.

— Allô ? Excusez-moi, je dépassais…

— Je voulais dire… Où êtes-vous exactement ?

La voix était devenue coupante, teintée d'impatience.

— À quelques kilomètres…

— Précisez davantage.

— À peu près à trois kilomètres du poste-frontière. Je viens de voir le panneau. Crassier, c'est bien cela ?

Elle avait dû trahir la nervosité qui la gagnait car le ton de son interlocutrice se fit apaisant.

— C'est bien cela. Détendez-vous, les douaniers suisses se concentrent sur les postes de l'autoroute. On en voit rarement à Crassier. Votre passager ?

— Attaché, à l'arrière. Il dort Je lui ai donné ce qu'il fallait.

— Vous êtes sûre de ne pas avoir été suivie ?

Elle jeta un coup d'œil dans le rétroviseur.

Il y avait bien cette voiture sombre, haute sur pattes, qui roulait derrière elle depuis un moment…

— Je ne crois pas, dit-elle.

— Je vous demande si vous en êtes sûre.

Il y avait de l'agacement dans la voix.

— J'en suis sûre.

— Voici les instructions, reprit son interlocutrice. Immédiatement après Crassier, prenez la direction de Signy, c'est un centre commercial. Garez-vous sur le parking du premier niveau. C'est là que s'effectuera le changement.

— Ensuite ?

— Ensuite, vous serez prise en charge. On s'occupe de tout. Où êtes-vous maintenant ?

— Tout près. Je vois le poste-frontière… Attendez ! Ne quittez pas !

— Qu'y a-t-il ?

— Des douaniers !

— Des douaniers ou des policiers ?

— Je ne sais pas ! Ils font stopper la camionnette devant moi ! Le conducteur montre ses papiers… Ils vont me demander les miens !

Son interlocutrice la coupa de nouveau :

— Ne vous énervez pas ! Faites ce que je vous dis. Ralentissez pour passer le poste. On arrête rarement deux voitures de suite. Surtout conduisez normalement.

— Je ne peux pas !

Ses mains tremblaient sur le volant. Elle étouffa un sanglot. Si près du but ! C'était trop bête…

— Je ne peux pas !

Elle se rendit compte qu'elle avait crié. L'inconnue revint à la charge :

— Votre moteur a changé de régime. Que faites-vous ?

— Je fais demi-tour…

— Ne faites pas cela ! Vous allez vous faire prendre. Vous allez tout faire rater !

— Je ne peux pas !

Le pied de Vincent écrasa la pédale de frein. Crissement de pneus. Le quatre-quatre s'était arrêté net. Sans dévier d'un pouce de sa trajectoire.

— Un bon achat, cette "Toyota"…

Devant lui, la Peugeot venait d'opérer une marche arrière audacieuse, barrant la route en perpendiculaire. Ébahi, Vincent la vit foncer en sens opposé. Il n'eut que le temps de donner un coup de volant brutal vers le bas-côté de la route.

— Elle a vraiment failli me rentrer dedans ! Qu'est-ce qui lui prend ?

Pas de temps à perdre… Un demi-tour éclair, la "Toy" virait sur place.

— Une belle bête, décidément.

L'une derrière l'autre, les deux voitures refaisaient le chemin en sens inverse, vers Divonne, roulant dans une avenue bordée de jardins. Vincent réussit à lire le nom de la rue : avenue du Mont-Blanc. Devant lui, la conductrice conduisait de plus en plus lentement, son portable collé à l'oreille… Vincent était si attentif qu'il se parlait à lui-même.

« On lui donne des instructions… Est-ce qu'elle va essayer de passer la frontière ici ? Dangereux, ça ! Après sa manœuvre en catastrophe, les douaniers doivent être en alerte… »

La Peugeot tourna à droite, vers le centre-ville et Vincent la vit se garer sur le parking central devant le supermarché Casino. Trois places plus loin, il en fit autant. La conductrice ne descendait pas.

— Elle attend quelqu'un.

Il attrapa son Leica mais n'eut pas le temps d'ajuster le viseur : le portable sonnait. C'était Jean-Luc.

— Ça se passe comment ?

— Bizarrement. Elle a essayé la frontière à Crassier. Au moment de passer, elle a fait demi-tour.

— Où êtes-vous, en ce moment ?

— À Divonne, sur le parking central. Pour le moment, elle ne quitte pas sa voiture.

— Qu'est-ce que c'est la voiture ?

— Une 307 bleu métallisé, flambant neuf. Elle est toujours à l'intérieur, elle attend.

— Elle t'a repéré ?

— Je ne crois pas.

— Tu es sûr que c'est bien elle ?

— À quatre-vingt-dix pour cent. Mais, jusqu'à présent, je n'ai pu la voir que de dos.

— Tu as fait des clichés ?

— Bien sûr ! De la plaque d'immatriculation aussi. Au fait, rappelle le détective. Essaie de savoir si elle a pris contact avec quelqu'un du Morbihan. La voiture est immatriculée cinquante-six. Attends, elle reprend son portable, on a dû l'appeler. Elle redémarre. Je coupe.

La Peugeot venait de rejoindre la file de voitures qui roulait vers la sortie de Divonne, vers le poste-frontière. Vincent se faufila à sa suite. La plupart des voitures portaient des plaques de la Confédération. Rien d'étonnant. Vincent savait que, de toute la "Côte" vaudoise, on venait volontiers faire ses courses du côté français, à meilleur prix.

Les voitures ralentissaient à peine devant les guérites des douaniers. La Peugeot passa sans encombre. Vincent passa à son tour. Mais, à son étonnement, la Peugeot, négligeant l'autoroute, vira à droite. Vincent lut l'écriteau : Chavannes de Bogis.

— Où peut-elle bien aller ?

À ce moment, Jean-Luc rappelait :

— Où en es-tu ?

— On vient de passer la frontière… On arrive à un centre commercial. Elle se gare sur le parking. Attends… J'arrête… Il se passe des choses…

Une voiture venait de se garer à côté de la Peugeot, un coupé Volkswagen immatriculé dans le canton de Genève. La portière s'ouvrit. La conductrice était en plein dans le champ de vision de Vincent : plutôt jeune, brune, physique agréable autant qu'il pouvait en juger. Elle descendit. La passagère de la 307 en fit autant, chaussant immédiatement d'énormes lunettes noires. Mais Vincent avait eu une seconde pour la dévisager. Il jeta un coup d'œil sur la photo qui s'étalait à la "une" du journal posé à côté de lui.

— Plus de doute ! C'est bien elle.

Les deux femmes échangèrent quelques mots et elles tirèrent de l'arrière de la 307 un enfant enveloppé dans une couverture. Puis tout s'accéléra. L'enfant fut installé sur la banquette arrière, une valise passa d'un coffre à l'autre. La conductrice de la 307 abandonna son véhicule – Vincent nota qu'elle n'avait pas verrouillé la portière – et monta dans la Volkswagen qui démarra aussitôt. Le changement de voiture n'avait pas duré plus de deux minutes. Pas une seconde à perdre : contact, démarrage en trombe vers l'autoroute en direction de Genève.

Sitôt sur l'autoroute, la VW accéléra. Vincent suivait, tout en prenant soin, parfois, de se laisser distancer pour ne pas se faire remarquer, ce qui n'allait pas sans difficulté : la VW changeait souvent d'allure et opérait des dépassements-surprises. On entra dans Genève.

Ce fut peu après le parc Mon Repos que les choses se gâtèrent.

On roulait au pas sur le quai du Mont-Blanc, ce qui permettait d'admirer au passage la perspective du quai Gustave-Ador, le bout du lac et le jet d'eau.

Tout à coup, la VW prit à droite l'une des rues populeuses qui montent vers la gare Cornavin. De justesse, Vincent réussit à suivre. Il n'était pas au bout de ses peines. Tours, détours, retours en arrière, à coups de virages pris in extremis.

La conductrice de la VW connaissait Genève comme sa poche !

— Pas de doute, elles essaient de me semer ! Elles vont trouver à qui parler !

Quand on est grand reporter, on est souvent obligé de se conduire comme les paparazzi. Vincent avait une riche expérience de la "filoche" et, à ce jeu-là, il gagnait toujours !

On roulait maintenant à vive allure dans un quartier inconnu de Vincent : une longue rue, droit vers le Salève… Virage à gauche… On franchit le Rhône…

— Qu'est-ce que c'est que ce pont ?

Il n'en savait rien. Il ne se réorienta qu'en arrivant à Plainpalais.

Là, pagaille dans la circulation : le quartier, hérissé d'engins de toutes sortes, était en pleins travaux. Dans les roues de la VW, Vincent faisait du slalom entre les carrefours éventrés, les rues barrées.

Un feu passait au rouge : les deux voitures s'immobilisèrent.

— Ouf !

Brusquement, la VW bondit, grilla le feu, frôla un bac à gravats, enfila une rue adjacente…

Impuissant, à demi-coincé derrière une énorme

bétonneuse, Vincent la vit disparaître. Le feu passa au vert. Pendant quelques minutes, il tenta de retrouver la trace, au hasard, dans le quartier. En vain.

Au cours de ses reportage à travers le monde, Vincent s'était constitué une belle collection d'injures dans les langues les plus variées.

Il s'en envoya quelques-unes – corsées – à voix haute. Furieusement.

II

Vincent sortit de sa douche, s'étrilla longuement avec le drap de bain et, avant d'enfiler son peignoir éponge, se planta devant la glace. Margot le taquinait souvent à propos de ce qu'elle appelait une vraie manie. Vincent n'en avait cure, il surveillait attentivement sa ligne. Il se considéra d'un œil critique, fit jouer ses épaules, inspira pour faire rentrer un soupçon de ventre.

« Ça va mais il ne faut pas que je relâche la musculation. »

Il enfila son peignoir et regarda autour de lui. La chambre n'était pas grande mais claire et la fenêtre donnait sur les premiers contreforts du Jura : une vue agréable.

« Et, de toute manière, pour une nuit… »

Il avait hésité avant de décider où loger : Annemasse ? Saint-Julien ? Malgré le trajet, il avait finalement opté pour Divonne.

« Pourquoi ? Parce que je connais. Margot a raison, je suis un homme d'habitudes. »

Il s'assit sur le bord du lit et reprit les clichés qu'il venait de tirer, les rapprocha une fois encore des deux photos qui soulignaient le titre à la une du journal.

« *LE FILS D'UN MINISTRE ENLEVÉ EN PLEIN PARIS.* » Le journal datait de l'avant-veille mais les photos étaient excellentes, des photos d'archives. En médaillon, Georges Backermann et sa femme, enfin son ex-femme, Christine.

— Pas de doute, c'est bien elle.

Tout était dans le titre qui s'étalait en gros caractères. Quant au contenu de l'article, c'était plutôt mince, juste les circonstances : la sortie d'un « *jardin d'enfants* », dans une des avenues les plus chics de la plaine Monceau ; le bambin qui réclame une glace... « *Il a suffi de quelques instants d'inattention de la nurse, occupée à se faire servir à la pâtisserie, pour que le petit garçon (cinq ans) disparaisse. Bien qu'ils soient en instance de séparation, le ministre Backermann et sa femme conjuguent leurs efforts pour aider la police à retrouver leur enfant.* »

— Conjuguent leurs efforts... Tu parles !

Dans toutes les salles de rédaction, les épisodes rocambolesques du divorce du ministre étaient un secret de polichinelle. Quant à la lutte féroce qu'ils se livraient, sa femme et lui, pour obtenir la garde de leur fils unique, elle faisait les choux gras de la presse "people". Tout ministre qu'il était, Georges Backermann pouvait bien remuer ciel et terre, sa femme lui avait échappé.

— À moi aussi, elle a échappé, se dit Vincent. Mais pas pour longtemps !

Pour la troisième fois, il appela Jean-Luc : toujours occupé ! Il essaya le portable, n'obtint que la messagerie. Et pourtant, il fallait, et d'urgence, en savoir plus. Il grillait d'envie d'appeler "l'agence", c'est-à-dire le détective privé qui était le "contact" de Jean-Luc. Il renonça. C'était peut-être maladroit… Il se préparait à descendre dîner quand la sonnerie de son propre portable retentit. Jean-Luc le rappelait.

— Alors ? Où en est-on ? C'est bien elle ?

— C'est bien elle, aucun doute là-dessus. Le tuyau de l'agence était bon. J'étais à la gare de Bellegarde un quart d'heure avant l'arrivée du TGV. Je l'ai vue descendre du train.

— Seule ?

— Avec l'enfant.

— Qui l'attendait ?

— Personne ! Il y avait une voiture vide, le long d'un trottoir, près de la gare. Elle y est montée avec l'enfant. Elle avait les clés. Je l'ai prise en chasse, discrètement, et cela nous a menés jusqu'aux environs de Divonne. Première tentative pour passer la frontière à un village, Crassier. Au dernier moment, elle a fait demi-tour.

— Pourquoi ?

— Je n'ai pas vraiment compris. Je pense que quelqu'un lui donnait des consignes par téléphone Elle conduisait, le portable collé à l'oreille. Donc retour à Divonne frontière et, sur un parking, changement de voiture. Elle quitte la Peugeot. Une fille l'attend au volant d'une autre voiture, immatriculée en Suisse…

— Quelle marque la voiture ?

— Une Volkswagen, petite, une “Polo” ou quelque chose comme cela. J’abrège. Cap sur Genève. Et là, je me suis fait avoir comme un débutant. Elles m’ont semé !

Au bout du fil, Jean-Luc, d’ordinaire si maître de lui et de son langage, égrena un chapelet de jurons, à la mesure de sa déception.

— Alors, on repart à zéro !

— Pas tout à fait, fit Vincent. Sur le parking de Divonne, j’ai réussi à prendre des photos…

— De Christine Backermann ?

— Bien sûr. Et aussi de la plaque minéralogique de la voiture. Je viens d’agrandir et – on a de la chance – au-dessous du numéro, il y a le nom du garage où la voiture a été achetée, Garage Rodriguez à Carnac.

— Bravo ! s’exclama Jean-Luc.

— C’est notre seule piste, enchaîna Vincent, mais elle est sérieuse. D’ailleurs, à propos de cette voiture, j’ai besoin de détails supplémentaires. J’ai failli appeler “l’agence”. Je me suis retenu.

— Tu as bien fait. Je te raconte en deux mots. Le détective, il s’appelle Duclos, est fou furieux. Backermann l’avait lancé aux trousses de sa femme. Objectif : obtenir un flagrant délit d’adultère. Fiasco complet.

— Bien fait pour sa pomme ! s’exclama Vincent. Ce type qui a bouffé à tous les râteliers pour parvenir au gouvernement…

— Il vient de virer Duclos sans lui payer un centime… À la rédaction, on a accepté que nous prenions le relais. Duclos me refile les renseignements goutte à goutte. Il sait qu'il risque gros, il sait aussi que nous faisons équipe mais, par prudence, il ne veut qu'un seul interlocuteur, moi en l'occurrence.

— Entendu, dit Vincent. Et pour finir, comment va ta rotule ?

— Bien, d'après le chirurgien. Mais les séances de rééducation ne sont pas une partie de plaisir. Et ce qui est pénible, c'est de ne pas pouvoir circuler librement.

— Voilà ce que c'est que de trop jouer au tennis…

— C'est ce que me répète Anne-Marie.

— Tu l'embrasses de ma part, fit Vincent, avant de raccrocher.

La minute d'après, le portable sonna de nouveau, c'était Jean-Luc.

— J'allais oublier… Quand pars-tu pour Carnac ?

— Dès demain, aux aurores.

III

L'ascenseur arrivait. La porte s'ouvrit… Vincent hésita et la laissa se refermer. Il ressentait le besoin de bouger, de se dégourdir les jambes. Il dévala les marches de l'escalier, déposa sa clé de chambre à la réception et demanda l'adresse de l'Office du tourisme et un annuaire téléphonique :

— Les pages jaunes, de préférence.

Son doigt glissa rapidement, la rubrique des garages n'était pas très étoffée.

Il trouva tout de suite : Garage Rodriguez - 33 rue du Crouesty. Il nota l'adresse, le numéro de téléphone, remercia et sortit. Dehors, le ciel était limpide, l'air étonnamment doux.

— Tu verras, avait dit Margot, lorsqu'il l'avait appelée pendant sa pause-café, le printemps est précoce en Bretagne.

Et il faisait un temps radieux… À peine quelques pas dans l'avenue des Druides et l'Office de tourisme était là. Il entra, se fit donner un plan, puis il tourna à angle droit et prit une rue bordée de villas. Tout au bout, la mer scintillait.

Il n'était pas là pour faire du tourisme, soit, mais après plus de dix heures au volant, quelques pas au grand air avant de partir en chasse, c'était une nécessité.

Il déboucha sur la plage, se laissa tomber sur le sable et, à demi-couché, appuyé sur les coudes, il contempla la baie. La mer était haute. Sur la gauche, le soleil déclinant éclairait les découpures de la pointe de Kerbihan. À droite, dans une poussière de lumière, la baie de Quiberon s'étirait, à peine estompée par le contre-jour.

— C'est beau, n'est-ce pas ?

Vincent se retourna. Derrière lui, sans qu'il s'en fût aperçu, quelqu'un était venu s'asseoir.

Un vieil homme, coiffé d'un béret basque, fixait l'horizon.

— C'est la première fois que vous venez dans la région ?

— Non, répondit Vincent, laconique.

Devant l'air déçu du vieillard, il ajouta :

— Je connais Vannes... Quiberon aussi.

— Ah oui, fit l'autre, Vannes, Quiberon, c'est pas mal, mais ici on a quelque chose d'exceptionnel, les alignements...

— Oui, je sais, coupa Vincent.

L'homme ne se décourageait pas, il avait visiblement envie, besoin peut-être, de parler, fût-ce au premier venu.

— Les alignements, les mégalithes, je vais vous expliquer...

Vincent jeta un coup d'œil à sa montre : presque cinq heures et demie.

Il fallait au plus vite se débarrasser de ce vieux raseur s'il voulait trouver le garage ouvert.

— Excusez-moi, dit-il en se levant, j'ai à faire.

Le vieil homme eut un sourire résigné.

— Eh bien, ce sera pour une autre fois.

Vincent, un peu honteux, lui fit un geste d'adieu. Peine perdue. Le vieil homme avait replongé dans sa contemplation solitaire.

Il fallait reprendre la voiture au parking de l'hôtel. Avant de démarrer, Vincent se repéra sur le plan. La rue du Crouesty se trouvait à la sortie de Carnac, tout près de la route d'Auray.

Quelques minutes plus tard, il s'arrêtait à une dizaine de mètres du garage Rodriguez. Modeste, le garage : un grand hangar flanqué d'une annexe vitrée. Le genre d'endroit où on devait connaître tous les clients.

Il entra dans l'annexe où une grosse blonde, boudinée dans une minijupe, téléphonait. Plusieurs minutes s'écoulèrent sans qu'on lui prêtât la moindre attention.

Du hangar voisin parvenaient des vrombissements en saccades. La blonde avait terminé le récit de son week-end, elle raccrocha, haussa les sourcils.

— C'est à quel sujet ?

L'accueil était frisquet. Vincent se fit suave :

— C'est pour une commande…

— C'est monsieur Corrier, le commercial, qui s'occupe des commandes. Il sera là demain matin.

C'était dit sans aménité.

— Mais je voudrais juste des renseignements pour…

— Je vais vous donner un catalogue, coupa la blonde.

— Vous ne me demandez pas pour quel modèle ?

— Mais si, j'allais le faire.

Le ton devenait agressif. Avec un pareil cerbère, le garage Rodriguez ne devait pas faire fortune ! Vincent essaya un sourire.

— C'est pour une 307. Je reviendrai demain.

— C'est mieux parce qu'on ferme.

Derrière lui, des bruits métalliques sonnaient comme des couperets. Il se retourna. Une petite jeune fille claquait des tiroirs, verrouillait des classeurs. La blonde posait des housses sur les machines. Il remercia et battit en retraite.

Pas complètement. Aux aguets dans sa voiture, Vincent vit les deux employées s'éloigner. Il sortit et s'approcha du hangar où un moteur s'emballait.

— Il y a quelqu'un, cria-t-il ?

Dans le hangar, renversé sous le ventre d'une moto, quelqu'un s'activait. Une tête maculée de cambouis apparut. Le moteur s'arrêta. Ouf ! Accoudé sur le sol, un jeune homme en salopette le regardait entrer.

— Salut, dit Vincent, c'est vous le mécanicien ?

— Non, il n'est pas là aujourd'hui, le mécanicien. Moi, je suis l'apprenti. D'ailleurs, c'est fermé.

— Mais vous êtes là… Vous faites des heures supplémentaires ?

L'apprenti s'était relevé.

— Moi, c'est pas pareil… Je travaille sur la moto d'un copain, pour le plaisir aussi…

— C'est juste pour un renseignement.

— Moi, je suis à l'atelier. Revenez demain.

Il allait retourner à son engin. Vincent sentit qu'il fallait mettre du liant.

— Dites donc qu'est-ce que vous lui faites à cette moto ? Vous ne seriez pas en train de trafiquer les soupapes, par hasard ? C'est interdit, cela…

Le garçon devint écarlate… Vincent se mit à rire…

— Ne vous en faites pas, je suis discret. Moi aussi, j'ai fait ça. À votre âge, j'étais fou de moto, je le suis toujours d'ailleurs…

Rassuré, le garçon s'essuyait les mains en couvant la moto d'un regard amoureux.

— C'est vrai, je la bricole un peu… Quand j'aurai fini, celle-là, elle pourra rouler avec les gros cubes ! C'était quoi votre renseignement ?

La glace était brisée.

— Je cherche une voiture d'occasion, une bonne occasion.

— Les occasions, on n'en fait pas beaucoup ici.

— Ce que je cherche, c'est une 307 en très bon état, récente…

— Ça, ça ne court pas les rues !

— Et en plus, continua Vincent, je suis difficile. C'est pour ma femme, vous savez ce que c'est, les femmes…

Le garçon hocha la tête d'un air entendu.

— Ma femme veut une couleur métallisée, un bleu métallisé, assorti à la couleur de ses yeux !

L'apprenti se mit à rire.

— Eh bien ! Elle sait ce qu'elle veut votre femme ! C'est vrai qu'il y a un bleu très chouette dans la gamme… On en a vendu une comme ça, il n'y a pas longtemps.

Vincent retint son souffle.

— Elle est peut-être à vendre ?

— Ça m'étonnerait ! On l'a livrée, il y a à peine deux mois ! Et le client a déjà perdu une de ses clés… Il a fallu lui en commander un double et d'urgence ! Il était pressé… On se demande bien pourquoi, vu qu'il a une autre bagnole à Paris.

— Il habite Paris ? demanda Vincent, d'un ton détaché.

— Oui, mais il vient souvent.

Le garçon fourragea dans une boîte à outils, saisit un tournevis et se dirigea vers son engin.

— C'est un original, conclut-il.

— Un original ?

— Plutôt, oui ! Il paraît qu'il est architecte mais ce qui l'intéresse, c'est les fouilles, les vieux trucs, les vieilles pierres… Alors, vous pensez, à Carnac, il est servi ! C'est pour cela qu'il vient souvent. Il a une villa ici.

— Vous savez son nom ?

— Non… Je ne sais plus… Il était venu chercher sa voiture avec son neveu… un très beau type qui l'appelait, comment déjà ? Ah oui, ça me revient…

Jérémie... c'est ça. Mais il ne la vendra pas sa bagnole, il vient de la recevoir. Pour les occasions, vous devriez aller chez un grand concessionnaire, à Auray ou à Vannes.

— C'est ce que je vais faire, dit Vincent.

Sur le seuil de l'atelier, il se retourna.

— Et bon courage pour la moto !

Le garçon lui fit un grand sourire. Le moteur rugissait de plus belle.

IV

Vincent goûta son café, fit la grimace : à peine moins mauvais que celui qu'on lui avait servi au petit déjeuner, à l'hôtel. Pourquoi, dans tous les hôtels du monde, le café était-il âcre et trop fort ? Question à laquelle il n'avait jamais trouvé de réponse. Mais la terrasse du bistrot était agréable, ensoleillée malgré l'heure matinale. Il attrapa son journal et, de nouveau, parcourut l'article.

« *DU NOUVEAU DANS L'AFFAIRE BACKERMANN*

Le ministre soupçonne sa femme d'être à l'origine de l'enlèvement du petit Nicolas…

On sait que Georges Backermann et sa femme se disputent la garde de leur fils. L'enfant, provisoirement, en attendant l'issue du divorce, est confié à chacun des parents en alternance, une semaine sur deux. Mais, le ministre accuse celle qui est encore sa femme de ne pas remplir ses obligations. Il a déjà porté plainte, à deux reprises, pour non-présentation d'enfant. Cette, fois, les choses seraient plus graves puisque Christine Backermann semble avoir disparu à son tour ; elle n'est pas revenue à son domicile parisien depuis cinq jours et ses proches affirment ne pas savoir où elle se trouve. Georges Backermann la soupçonne d'être à l'origine de l'enlèvement de l'enfant. C'est en tout cas, d'après son avocat, ce qu'il aurait confié aux policiers… »

Vincent replia le journal. Tout cela n'était qu'un début. Le reste, le plus lourd de conséquences, le plus intéressant aussi, était à venir. La presse n'en parlait pas, pas encore.

— Fais gaffe, avait dit Jean-Luc, lorsqu'il l'avait appelé, la veille au soir. L'affaire ne fait que commencer. Avant de s'évanouir dans la nature, Christine Backermann, par l'intermédiaire de son avocat, a fait parvenir une lettre à la police. Explosive, la lettre…

— Explosive, en effet, pensa Vincent.

Christine Backermann ne faisait rien moins qu'accuser son mari de pratiquer des actes pédophiles sur la personne de leur fils.

— À la rédaction, avait ajouté Jean-Luc, c'est un secret d'état. On a des consignes. Le patron est formel : pour le moment, pas un mot là-dessus.

— Et la lettre, comment ?

— Par Duclos, le détective. J'ai eu du flair quand j'ai pris contact avec lui !

Jean-Luc n'avait jamais eu le triomphe modeste… Il enchaîna :

— Christine Backermann savait que son mari la faisait suivre et par qui. Elle a envoyé le double de sa lettre à Duclos…

— Duclos, c'est le détective engagé par son mari ?

— C'est ça.

— Mais pourquoi a-t-elle fait cela ?

— Pour qu'il sache que son client était une ordure, paraît-il. Et comme Duclos veut être payé et peu lui importe par qui, il collabore. En attendant, il faut que tu nous retrouves la femme du ministre et son fils. Mais fais attention ! avait répété Jean-Luc, avant de raccrocher. On marche sur des œufs.

« Fais attention », c'était aussi ce que lui avait répété Margot lorsqu'il l'avait appelée, la veille, pour le petit bonsoir quotidien.

Vincent vida sa tasse et se leva. La traque ne serait pas facile. Il avait commencé par l'annuaire : aucun Jérémie n'y figurait. Les patrons de l'hôtel, interrogés, n'avaient été que d'un piètre secours ; tout au plus lui avaient-ils donné l'adresse d'une boutique d'antiquités dont le propriétaire voyait, disaient-ils, beaucoup de monde. Mais il s'était cassé le nez devant une porte close. La boutique, lui avait-on appris à la pâtisserie voisine, n'ouvrait que pour la saison.

Il ne restait plus qu'à rentrer à l'hôtel et à essayer internet. Trois pas plus loin, le nez au vent, il passait devant l'enseigne de “Chic et Tiff, masculin-féminin”. Un salon de coiffure, pourquoi pas ?

Un coiffeur aussi voit beaucoup de monde... en saison, et on n'y était pas, en saison. Il entra dans un salon désert où une toute jeune fille et un garçon en salopette rose dragée se battaient les flancs. Ils restèrent perplexes devant sa coupe “près du crâne”, toute récente.

— Il faudrait simplement me rafraîchir la nuque, dit Vincent et, auparavant, je voudrais une lotion fortifiante.

Le patron, surgi de l'arrière-salle, lui promena un doigt expert sur le crâne et rendit son verdict :

— Pour vous, l'essentiel, c'est de soigner le cuir chevelu. J'ai ce qu'il vous faut.

On était aux petits soins avec cet unique client.

— Vous êtes journaliste ?

Le patron, comme ses employés, ne demandait qu'à bavarder.

La température printanière, alors qu'on n'était qu'en février, tout ce qu'il y avait à voir à Carnac, la beauté du site, les richesses mégalithiques de la région…

— C'est précisément le sujet de mon reportage, dit Vincent. On m'a parlé d'un architecte, un monsieur Jérémie…

— Monsieur O'Neill, coupa le patron.

— Comment cela O'Neill ?

— Jérémie O'Neill. Jérémie, c'est son prénom. Architecte, c'est vrai, mais surtout passionné de préhistoire, un puits de science. Il en sait autant et même plus que les spécialistes. Quand il est à Carnac, il ne manque jamais de venir nous voir. C'est un de nos clients, un homme charmant.

Vincent n'eut aucune peine à se faire indiquer son adresse presque exacte.

— Où il habite ? Pas très loin d'ici, enfin, à un bon quart d'heure quand même, avenue d'Armorique…

Non, je ne sais pas le numéro… Une grande villa en pierre de taille, avec une tourelle.

Vincent grillait d'envie d'y foncer sans attendre mais que faire quand on a le crâne enveloppé d'une serviette chaude ? De plus, la shampouineuse lui massait savamment les tempes. Pas désagréable du tout… Enfin, libéré, il distribua sourires et poignées de mains, promit de revenir et laissa un pourboire qui lui valut, de la part de la shampouineuse, un regard chaviré de reconnaissance.

« Je mettrai cela sur ma note de frais… », se dit-il.

Il avait laissé sa voiture à l'hôtel, ce n'était qu'à deux pas. Il passa la prendre.

— Et maintenant, en route pour cette avenue d'Armorique !

Il éprouvait l'impatience du chien qui a longtemps flairé en vain et qui, tout à coup, a trouvé une piste.

L'avenue d'Armorique était large, bordée des deux côtés par des villas coquettes, encore fermées pour la plupart. Il aperçut tout de suite, sur le côté droit, la tourelle qui déparait l'alignement des toits d'ardoises. Il laissa sa voiture bien avant d'arriver à la hauteur de la maison et changea de trottoir pour mieux observer la grande bâtisse de pierre, tarabiscotée, de style néo-gothique.

Il la dépassa et, du même pas nonchalant, revint sur ses pas. Le portail était largement ouvert. Il entra, traversa les deux plates-bandes qui menaient au perron. Le vrai jardin était par derrière. Il contourna la maison et, guidé par le bruit d'une machine, déboucha sur une pelouse où un jardinier poussait sa tondeuse.

À la vue de Vincent, l'homme se releva, la tondeuse se tut.

— Je voudrais voir monsieur O'Neill, dit Vincent.

L'homme avait enlevé les oreillettes qui le protégeaient du bruit.

— Monsieur O'Neill ? Il n'est pas là, pas encore arrivé de Paris.

Vincent prit un air déçu qui n'était pas totalement feint.

— C'est que je ne suis pas d'ici. Je suis journaliste, je fais un reportage sur les mégalithes, je repars dans deux ou trois jours, tout au plus.

Le jardinier prit le temps d'ôter sa casquette et de s'éponger le front du revers de la main.

— Alors, vous le verrez, dit-il. Il arrive ce soir, en tout cas, c'est ce qu'il m'a dit hier au téléphone.

Il fallait l'empêcher de retourner à sa tondeuse.

— Il peut changer d'avis... dit Vincent.

— Pas de danger ! Il fête toujours son anniversaire à Carnac. Et son anniversaire, c'est après-demain. Mais, cette année, c'est la dizaine ! Il fête ses soixante ans. Soixante ans, c'est un âge ! Moi, quand je les ai eus, ça m'a fichu un coup !

L'homme souriait. Il avait un bon sourire.

— Mais monsieur O'Neill, lui, il donne une petite fête... Il fait venir ses amis d'un peu partout, de Paris, d'Irlande, de Suisse, d'Italie, des pays où il fait des recherches. Il y aura du monde et du beau ! C'est pour cela que je fais la toilette du jardin. Et il y a à faire, avec toute la pluie qui est tombée la semaine dernière !

Il avait remis ses gants de jardinage. Vincent le retint.

— Mais, avec tous ces préparatifs, il n'aura pas un moment à m'accorder...

— Ah ça, c'est bien possible, et pourtant son amie de Genève vient en avance, pour l'aider.

De Genève... Tiens, tiens...

— Oui, madame Nolac.

— Ah, madame Nolac vient aussi... dit Vincent, négligemment.

L'homme se mit à rire.

— Bien sûr, ils sont très copains, elle et monsieur O'Neill. Oh, en tout bien, tout honneur hein ! Ils font de la voile ensemble, de la plongée sous-marine aussi. Vous la connaissez madame Nolac ?

Prêcher le faux pour savoir le vrai, une technique vieille comme le monde.

— Assez bien, dit Vincent.

— Cela ne m'étonne pas. Il paraît qu'elle a une grosse situation là-bas, dans la banque ou quelque chose comme cela.

Vincent revit, en pensée, la femme qui avait embarqué Christine Backermann sur le parking de Chavanne de Bogis, cette grande brune qui pilotait en virtuose sa Volkswagen dans les rues de Genève. Était-ce elle madame Nolac ?

— Et malgré cela, très simple, continuait le jardinier. Toujours polie. Je la connais bien. C'est moi qui m'occupe de son jardin. Il faut que je me dépêche de finir ici, j'ai juste le temps de passer un coup de tondeuse chez elle avant de rentrer déjeuner. Je lui ai promis que tout serait fait quand elle arrivera.

— Et, dit Vincent d'un air détaché, elle arrive…

— Elle sera là dans l'après-midi, vers quatre heures et demie, cinq heures, d'après ce qu'elle m'a dit. D'habitude, elle prend le train mais, cette fois, je ne sais pas pourquoi, elle vient en voiture. Ça fait un sacré bout de chemin…

Il empoigna le guidon de sa tondeuse.

— Elle est sur la route. C'est pour cela qu'il faut que j'y aille. Excusez-moi.

Vincent fit semblant de se tromper, contourna de nouveau la maison, par l'autre côté, lentement, le temps d'inspecter du regard ce qui devait être le garage… vide, pour l'instant…

Il revint à la pelouse, sous l'œil étonné du jardinier.

— J'ai pris le mauvais côté, dit-il, en se dirigeant vers le portail.

Quelque chose lui disait que la piste était bonne.

V

Pendant tout le temps où il s'était efforcé de faire parler le jardinier, Vincent avait été tenté de lui soutirer des renseignements plus précis sur "l'amie de Genève" et, en particulier, son adresse. Il y avait renoncé. Si l'homme était bavard, il était tout de même resté discret. Il n'avait donné que des détails anodins. Et puis, sait-on jamais, on pouvait encore l'utiliser, il en dirait peut-être plus une autre fois. La prudence commandait donc de ne pas éveiller sa méfiance. D'ailleurs, il y avait un moyen tout simple de savoir où habitait la mystérieuse madame Nolac.

Bien installé dans sa voiture, Vincent se mit à guetter. Au bout d'une dizaine de minutes, il vit le jardinier sortir, fermer soigneusement le portail au moyen d'un cadenas, charger à l'arrière de sa fourgonnette une brassée de branchages et se mettre en marche. Vincent démarra à son tour. D'après le plan, on se dirigeait vers Carnac-Ville. La fourgonnette roulait assez lentement pour que l'on pût facilement se repérer : avenue des Salines, la Poste… À travers un lacis de ruelles, on apercevait la gracieuse silhouette d'une église Renaissance. Il avait compulsé un guide.

— Ça doit être Saint-Cornély.

Mais l'heure n'était pas au tourisme. La fourgonnette prit la venelle Notre-Dame, vira deux fois à droite et s'engouffra dans ce qui lui sembla à peine une ruelle, tant elle était étroite, au milieu de laquelle elle s'arrêta. Vincent avait eu la présence d'esprit de ralentir avant de suivre. Il alla se garer en voltige, moitié sur le trottoir de la rue voisine et, du bout de la venelle, qui était, il s'en rendit compte, une impasse, il observa.

La fourgonnette était garée devant une maison de dimensions modestes, qui eût été une chaumière sans son toit d'ardoises, un rez-de-chaussée et, à l'étage, trois fenêtres en forme de "chien assis", des volets de bois, peints en bleu, sur une façade de crépi blanc. À l'arrière de la maison, on devinait un jardinet, bordé d'un muret bas. Les volets étaient fermés... Vincent nota le nom de la ruelle, Saint-Tugdual. Il en savait assez. Il rebroussa chemin. Puis il appela l'hôtel :

— Vincent Hermelin. Est-ce qu'on a laissé un message pour moi ?

— Aucun message, lui répondit-on.

Tout ce qui restait à faire c'était tuer le temps, attendre "l'amie de Genève" qui arrivait en voiture. Cette voiture, était-ce la 307 abandonnée sur le parking de Chavanne ? Si oui, il tenait le maillon, le premier, grâce auquel on pourrait remonter jusqu'à la femme du ministre. Il avisa une Maison de la Presse, place de la Chapelle et fit provision de journaux. Il les parcourut en déjeunant dans une brasserie de l'avenue des Druides. Le seul élément nouveau était qu'on avait lancé un avis de recherches pour retrouver Christine Backermann. Pendant qu'il terminait sa douzaine d'huîtres abondamment accompagnées de pain bis et d'un délectable beurre salé, il réfléchissait. Quelle tactique faudrait-il adopter pour amener la mystérieuse madame Nolac à coopérer ? Bluffer, raconter qu'on savait tout ? Mais tout quoi ? Menacer ? Mais au nom de qui, de quoi ? Ou pourrait-il la convaincre, l'acheter peut-être ? Ce ne serait pas la première fois… À la rédaction, on n'était pas regardant sur les méthodes ni sur l'argent quand il s'agissait d'être sur un scoop…

Il revit l'enfant enveloppé dans une couverture. Et si Christine Backermann disait vrai ? Si elle fuyait vraiment un mari pervers ? De quel droit la pourchasser ?

« Du droit des média à faire feu de tout bois pour vendre du sensationnel… », voilà ce qu'aurait rétorqué Jean-Luc.

« Il a raison… », pensa-t-il. « Nous sommes tous des charognards. »

Il s'était attardé à la terrasse ensoleillée, avait longuement siroté un café, grillant d'envie de retourner à Saint-Tugdual, mais il n'était que trois heures.

— Elle n'est probablement pas encore là.

Finalement, il décida de faire la moitié du chemin à pied. C'était simple, il suffisait de reprendre, à peu de chose près, l'itinéraire qu'il avait parcouru le matin à la suite du jardinier. Il était presqu'arrivé lorsque, moitié par plaisir, moitié pour faire passer le temps, il flâna sous le porche à baldaquin de l'église Saint-Cornély. Un passant l'apostropha :

— Elle est belle, notre église, pas vrai ? Et c'est encore plus joli à l'intérieur.

À l'intérieur de la petite église, régnait une fraîcheur agréable. Mais les fresques de la voûte lambrissée ne parvinrent pas à retenir son attention. Quatre heures sonnaient au clocher. Il se dirigea vers Saint-Tugdual.

Quelques mètres avant la venelle, il huma des effluves de pain qui sortaient d'une boulangerie. Il avait encore quelques minutes à perdre. Pourquoi ne pas essayer d'en savoir un peu plus ?

Il entra, s'arrêta devant la vitrine garnie de pâtisseries, fit semblant d'avoir du mal à fixer son choix et, finalement, désigna du doigt une sorte de grosse galette rustique :

— C'est cela qu'on appelle un kouign amann, je crois ?

— C'est bien cela, c'est une spécialité du pays.

La spécialité, Vincent la connaissait ; un nom à coucher dehors, comme seuls les Bretons peuvent en inventer, mais un gâteau délectable et pas vraiment amincissant...

— Je vais rapporter cela à Paris, fit-il, pour engager la conversation.

La boulangère sourit.

— Vous ne serez pas déçu.

— À propos, dit Vincent, je cherche la venelle Saint-Tugdual…

— Vous y êtes, c'est ici, juste au coin.

— Je ne me rappelle plus le numéro…

— Il n'y a pas de numéro dans la venelle. Chez qui allez-vous ?

— Chez madame Nolac…

— Elle vient d'arriver. Elle était ici, il y a une demi-heure. Mon mari vient de lui sortir sa voiture.

Vincent eut du mal à cacher son étonnement :

— Lui sortir sa voiture ? fit-il interloqué.

— Eh bien oui, elle avait laissé sa voiture dans le garage qu'elle loue chez nous. Elle vient d'arriver, elle a besoin de sa voiture. C'est la maison aux volets bleus, vous ne pouvez pas vous tromper, sa voiture est garée devant, une voiture rouge.

— Rouge, vous êtes sûre ?

— Oui, une Opel rouge.

Vincent sortit, perplexe. La venelle Saint-Tugdual était légèrement incurvée. Au bout, d'où il était, on ne pouvait tout voir. Mais, de loin, on apercevait l'arrière d'une voiture garée devant la maison blanche. Une voiture sombre, semblait-il. Sans avoir vraiment décidé la façon dont il allait s'y prendre, Vincent s'engagea dans l'étroite chaussée. Il longea la maison : les volets étaient ouverts. La boulangère avait dit vrai. La maîtresse des lieux était bien là. Mais, au fur et à mesure qu'il s'approchait, il dut se rendre à l'évidence : la voiture était bien une Opel Vectra rouge tomate, immatriculée CH, canton de Genève ; pas du tout celle qu'il espérait. Déception ! Il hésita un moment, tiraillé entre l'envie de rencontrer sans attendre "l'amie de Genève" et la crainte de tout gâcher en se découvrant trop vite, sans avoir préparé l'entrevue.

Il était arrivé au bout de la venelle. Allait-il faire demi-tour pour frapper à la porte de la maison aux volets bleus ? Il hésitait et, sous le coup d'une inspiration subite, il décida de retourner à la villa de Jérémie O'Neill. Il ne savait pas encore exactement ce qu'il allait y chercher. Il y allait, c'est tout, à l'instinct. Le chemin jusqu'à sa voiture lui parut court tant il marchait vite. L'avenue d'Armorique était déserte.

« Tant mieux ! On serait capable de me prendre pour un cambrioleur ! »

Il arriva devant la villa à tourelle, essaya pour la forme d'ouvrir le portail. Le cadenas ne céda pas. Un saut, un léger rétablissement et Vincent se retrouva dans le jardin. Il fit le tour de la maison et, en trois bonds, se trouva devant le garage. La porte n'était pas fermée, juste poussée. Il la fit basculer et, le cœur battant, il vit une voiture dont le numéro minéralogique lui était resté gravé dans la mémoire, une 307 bleu métallisé.

VI

Sitôt de retour dans sa chambre, Vincent consulta son courrier. Il n'y avait qu'un seul e-mail, de Jean-Luc : « Rappeler le plus vite possible... » Il pesta contre son portable déchargé, attrapa le téléphone de la chambre. Au bout du fil, Jean-Luc était fébrile :

— Où étais-tu passé ? Personne n'a pu te joindre de la journée. Qu'est-ce que tu fous ?

Jean-Luc prenait rarement ce ton-là, abrupt, autoritaire, le ton du reporter qui peut se permettre des remontrances au modeste cameraman censé ne s'occuper que des images. Comme si un reportage sans images... Mais une rotule refaite à neuf... voyez comme cela peut vous abîmer l'humeur !

— Ce que je fous ? Toute la journée à essayer de renouer les fils...

— Et alors ?

— Je les ai renoués, les fils. J'ai retrouvé la voiture !

— Et sa propriétaire ?

— Son propriétaire. C'est un homme. Il a prêté sa voiture à une amie. Vincent fit une petite pause avant de lâcher : une amie qui habite Genève...

— Bien ! Très bien ! Ça se tient, tout ça.

— Tu es prêt, fit Vincent ?

Il se mit à raconter dans le ronflement du magnétophone que Jean-Luc avait mis en marche.

Et en même temps, Vincent en était sûr, Jean-Luc prenait des notes. Une manie qui ne lui passerait jamais.

— À propos, dit Jean-Luc – sa voix couvrait à peine le ronflement du magnéto, un truc antédiluvien – quand tu auras la rédaction, ne raconte pas qu'on s'est fait semer en Suisse.

— Je me suis fait semer !

— Non. C'est ma faute. C'est moi qui te donnais les tuyaux… Bref, j'ai préféré arranger un peu les choses et il est entendu que tu t'es débrouillé comme un chef, ce qui est vrai d'ailleurs.

— Mais…

— Boucle-la, coupa Jean-Luc, ça reste entre toi et moi !

La complicité du métier en équipe, en tandem, n'importe où, dans les pires conditions… L'amitié, quoi ! Le ronflement du magnétophone s'arrêta.

— Je crois, dit Jean-Luc, qu'on est sur la bonne piste !

Sa voix avait retrouvé toute sa cordialité habituelle :

— Excuse-moi pour tout à l'heure. J'étais un peu nerveux et il y a de quoi. J'ai eu la rédaction sur le dos tout l'après-midi. Ils vont t'appeler d'ailleurs… On est pressés.

— Qui ?

— Bérengère, je pense.

Bérengère était la secrétaire générale de la rédaction. Une harpie arrogante. Vincent et elle étaient à couteaux tirés. Vincent soupira.

— Je ferai face…

— Ah, dit encore Jean-Luc, j'allais oublier de te demander des nouvelles de Margot.

— Je l'ai eue ce matin. Elle s'arrondit. Elle ne s'est jamais si bien portée.

— C'est pour quand ?

— Début avril.

— On fêtera ça, hein ? Une fiesta du tonnerre !

— Promis, dit Vincent en raccrochant.

Il essaya vainement d'appeler chez lui, n'obtint que le répondeur. Margot avait dû, au dernier moment, sortir dîner avec une de ses nombreuses copines.

« Tant mieux, pensa-t-il, elle se distrait, elle prend du bon temps. Elle fait bien. »

Au cours de ses nombreuses expériences amoureuses, Vincent avait acquis la conviction que, dans un couple, chacun doit conserver une certaine autonomie. Avec Margot, il n'y avait rien à craindre de ce côté… D'ailleurs, pour lui aussi, l'heure était venue de penser au dîner. Il descendit et, avant de sortir à la recherche d'un restaurant sympathique, jeta un coup d'œil au bar de l'hôtel. Une demi-douzaine de clients, des habitués, bavardaient. Il était un peu tôt.

« Prendre un verre… Pourquoi pas ? Et puis, c'est dans ce genre d'endroit qu'on glane des renseignements… »

Il enfourcha un tabouret, au comptoir. Il avait envie d'un gin-tonic.

« Si j'en prends un, je dîne à l'eau... »

Il commanda un Perrier-citron. Ses deux voisins discutaient football avec passion. La terre aurait pu trembler, ils ne l'auraient pas senti. À droite, un petit jeune homme roux sirotait un pastis en solitaire. Lui demander l'adresse d'un petit restaurant simple mais bon quand même... Quoi de plus naturel...

Le petit rouquin fronçait les sourcils.

— Je ne vois pas bien, c'est qu'on n'est pas encore en saison... alors...

— Vous habitez ici ? demanda Vincent.

— Si on veut... Je suis chez mes parents mais je travaille à La Trinité.

— La pêche ?

Le petit rouquin hocha la tête.

— Non. La pêche, il n'y en a presque plus dans le coin. Non, je travaille dans un club de plongée sous-marine "Les trois corsaires", vous connaissez ?

Le jardinier avait dit que Jérémie O'Neill pratiquait la voile et la plongée ; son amie aussi... Vincent s'en souvenait fort bien.

— Non... dit-il, je ne suis ici que pour quelques jours... à titre professionnel.

L'enchaînement était tout simple : le reportage sur les mégalithes, le spécialiste dont on lui avait parlé, un certain Jérémie O'Neill...

— Ah, monsieur O'Neill, il vient souvent chez nous...

— Eh bien, moi, fit Vincent avec un soupir appuyé, j'ai bien du mal à le contacter. On m'a dit d'essayer de le joindre chez sa grande amie, une madame – Vincent fit mine d'hésiter – Bolar, Bolac.

— Madame Nolac, rectifia le petit rouquin. Oui, elle est venue deux ou trois fois avec lui, juste pour s'initier. Elle débute, mais sa grande amie – il se mit à rire – si on veut... Enfin, cela dépend comment on l'entend... Pas sa petite amie en tout cas.

— Et pourtant, hasarda Vincent, elle est belle !

— Ah ça oui, renchérit le rouquin, on peut dire que c'est une belle blonde !

— Blonde ? Je croyais que...

— Vous savez comment on l'appelle chez nous ? continua le rouquin... "la belle de Carnac" !

Pendant son dîner, Vincent rumina ce qu'il avait glané. D'abord les voitures. Une Peugeot abandonnée à Chavanne qui réapparaît à Carnac au moment même où madame Nolac arrive.

Or, elle possède une Opel qui, d'après la boulangère, est restée dans son garage. Surprenante, cette madame Nolac, à supposer que ce soit bien elle... blonde à Carnac, brune à Genève... Une perruque ? Pourquoi pas ? Dans ce cas, c'est qu'elle a vraiment quelque chose à cacher... Pas de doute, il y a anguille sous roche !

Il y pensait encore en rentrant à l'hôtel. Il appela Margot, sans succès : toujours le répondeur...

« Elle rentre vraiment trop tard... »

Il s'ébrouait sous la douche lorsque le téléphone

de la chambre sonna. Il enfila sans hâte son peignoir éponge.

« Cette punaise de Bérengère, elle peut attendre, non ? »

Ce n'était pas Bérengère. Vincent reconnut immédiatement la voix et surtout le ton inimitable, léthargique, de Denis. À la rédaction, Denis Durandel régnait sur le service politique, poste stratégique qui lui permettait d'être à tu et à toi avec les élus de tout poil et, à l'occasion, de rendre de discrets services à tous les gouvernements, quelle que fût leur couleur.

— Tu en es où exactement ?

Vincent prit son souffle.

— J'ai expliqué à Jean-Luc…

— Je sais, il vient de m'appeler…

Silence. Denis avait adopté une fois pour toutes l'élocution traînante de quelqu'un qu'on vient de tirer d'un profond sommeil. Peut-être pour endormir ses ennemis. Mais gare à ceux qui se fiaient à cette apparente somnolence !

— L'affaire est intéressante, poursuivit Denis. Enfin, elle pourrait le devenir si les accusations de la petite Backermann tiennent la route…

— Pour le moment, c'est le mari qui accuse…

— Justement. Il faut voir de quel côté cela bascule…

C'était bien Denis, cela ! Deux fers au feu ! Vincent le voyait comme s'il avait été dans son bureau : gros matou au yeux mi-clos, prêt à foncer sur sa proie.

— Dans l'immédiat, continua Denis, il faut que tu "loges" Christine Backermann. Débrouille-toi. Il paraît que tu tiens une piste ?

— Exact, dit Vincent.

— Bon. Il nous faut trois minutes d'images au plus vite. Tu en prends dix, avec son fils, de préférence. Sinon tu prends le môme à part, on fera le montage. Ensuite, tu t'arranges pour la cuisiner...

Vincent connaissait la suite... Il embraya :

— Et quand il a formé son équipe, le Premier Ministre a lancé un avertissement : tout membre du gouvernement susceptible d'être mis en examen devrait aussitôt démissionner. C'est idiot ! Il suffit que le premier venu, en l'occurrence la première venue, raconte n'importe quoi...

— Que veux-tu, dit Denis d'un ton patelin, heureusement pour nous, cela leur arrive aussi aux Premiers Ministres de se conduire comme des cons...

Tout en rangeant le contenu de son sac de voyage dans la penderie, Vincent envoyait Denis Durandel au diable...

"Loger" Christine Backermann... Comme si c'était facile ! La cuisiner ! Pas besoin du service politique pour imaginer quelle tempête se déchaînerait si, à cause des racontars de son ex-femme, un ministre était soupçonné de pédophilie ! Dans ce milieu, une simple rumeur et on a sa carrière foutue !

Il essaya encore le numéro de l'appartement...

— Toujours pas rentrée. Ce n'est pas raisonnable dans son état !

Il se coucha avec une pile de journaux en attendant de rappeler Margot. Il avait arrêté une ligne de conduite.

Quant à la “couverture”, elle était toute trouvée, le reportage sur les mégalithes

— Et dès demain matin, en route pour Saint-Tugdual. On va voir de quel bois elle se chauffe, la “belle de Carnac” !

VII

Dans la pâle lumière matinale, Saint-Tugdual semblait sortir d'une carte postale. Maisons basses aux façades crépies de blanc, sagement alignées. Des pots de fleurs aux rebords des fenêtres. Un chat qui se chauffe au soleil…

« Qui a dit que l'hiver est pluvieux en Bretagne ! »

Vincent s'arrêta devant la maison aux volets bleus. Des buissons d'hortensias roses s'abritaient derrière le muret qui séparait la maison de la ruelle. Un portillon envahi de rosiers grimpants… Il chercha la sonnette, ne trouva qu'un cordon, à l'ancienne. Sur le point de sonner, il prêta l'oreille. Des lambeaux de musique lui parvenaient. Quelqu'un, à l'intérieur, massacrait au piano la grande Polonaise de Chopin. Il tira le cordon. Une cloche grelotta et une femme en sarrau apparut à la porte, sur le côté :

— Qu'est-ce que c'est ?

— Madame Nolac, cria Vincent, c'est ici ?

Le portillon s'ouvrit. Vincent franchit le jardinet et s'arrêta au seuil de la porte. Le piano s'emballait, les fausses notes aussi.

— Madame Nolac, cria la femme à la cantonade, c'est le menuisier !

Elle avait remis son aspirateur en marche sans attendre la réponse. Au bout d'un couloir, un battant était grand ouvert sur un salon au fond duquel la pianiste, qui semblait n'avoir rien entendu, s'évertuait sur son instrument. Elle lui tournait le dos mais Vincent comprit, tout de suite : ce n'était pas celle qu'il espérait trouver. Rien à voir avec la belle brune athlétique qu'il avait photographiée du regard sur le parking de Chavanne de Bogis. Il sut, à ce moment, que la femme assise au piano n'avait jamais tout à fait quitté ses souvenirs... Cette silhouette menue, ce port de tête... Comment peut-on jouer du piano avec le dos aussi droit ? La ligne des épaules, si nettement dessinée, comme gravée au burin et les vagues de cheveux dorés... Elle dut sentir une présence. Elle se retourna et il reçut en plein visage, en plein cœur, l'éclat d'acier de ses yeux incroyablement bleus.

— Charlotte... Charlotte Landier !

Elle s'était levée et elle le dévisageait sans rien dire, droite, de toute sa hauteur, comme autrefois.

Il s'entendit balbutier :

— J'étais venu pour voir madame Nolac.

Une lueur d'amusement dansait dans son regard.

— Vous vous souvenez de moi, hasarda Vincent ?

Elle fit « oui » d'un battement de cils, un seul, et sans transition :

— Que lui vouliez-vous à madame Nolac ?

— La dernière fois que nous nous sommes rencontrés... Combien de fois nous sommes-nous rencontrés... deux, trois fois...

— Quatre.

— Vous vous prépariez à partir pour les États-Unis, Boston ?

— J'y suis allée ; je suis revenue.

— Je peux m'asseoir ? demanda Vincent.

— Bien sûr, excusez-moi.

Elle s'assit en face de lui, blonde, ravissante, dure comme une pierre précieuse dans son tee-shirt clair.

— Qu'êtes-vous devenue ? demanda Vincent. Racontez-moi.

— Non. Vous d'abord.

— Moi... Je me suis, disons, rangé. Je me suis marié, remarié plus exactement.

— Et, professionnellement ?

— Reconversion réussie. Je faisais beaucoup de photos... j'en fais toujours.

— Je sais. J'ai vu un de vos albums chez un libraire, un jour.

— Et puis, je suis devenu cameraman. J'ai pu entrer à la télévision, grâce à un ami...

— Votre ami journaliste ?

— Jean-Luc Ménand, oui. Vous vous en souvenez ? C'est grâce à lui que j'ai obtenu ma carte de presse. Et vous ?

— Pourquoi vouliez-vous voir madame Nolac ? demanda-t-elle. Et, brusquement : Je suis madame Nolac...

Cela, c'était la surprise ! Vincent resta silencieux quelques secondes... le temps de reprendre ses esprits.

— C'est votre nom, à présent ? Vous êtes remariée ?

— Non. J'ai repris mon nom de jeune fille. Pourquoi vouliez-vous me voir ?

Du regard, Vincent parcourut la pièce, peut-être pour échapper à la fascination des grands yeux bleus. Des toiles abstraites, seules taches de couleur sur les murs blancs. À peine quelques meubles. Un décor dépouillé qui contrastait avec le côté rustique de l'extérieur.

— Je commence un reportage sur les vestiges mégalithiques. Il paraît que, sur le sujet, Jérémie O'Neill est incontournable. Il est absent... On m'a dit qu'une de ses amies, madame Nolac, pourrait peut-être m'aider... Mais et vous ? Dites-moi ce que vous êtes devenue.

— Après l'affaire*, j'ai divorcé. J'ai repris ma carrière d'avocate, à Boston d'abord, et puis je suis rentrée. Je travaille dans un cabinet de conseil juridiquc.

— À Paris ?

— Non. À Genève.

Genève ! Il avait failli oublier pourquoi il était là ! La piste qui menait à Christine Backermann passait par Genève...

Charlotte avait-elle quelque chose à voir là-dedans ?

— Mais alors, pourquoi Carnac, dit-il ? Ce n'est pas la porte à côté...

---

*Voir *Dernier rendez-vous à Vannes - Même auteur, même collection.*

— C'est vrai. Mais j'ai tant de souvenirs dans cette région ! J'ai acheté cette maison sur un coup de cœur.

— Vous y venez souvent ?

— Une fois par mois.

— En voiture ?

Était-ce une impression ? Vincent eut le sentiment qu'elle s'était raidie avant de répondre :

— En train, le plus souvent. Il y a une liaison directe Genève-Auray.

À son tour, il la regardait, prolongeant à dessein le silence, attendant la suite.

— Mais, parfois, enchaîna-t-elle, avec une imperceptible hésitation, je fais le trajet en voiture. Hier, par exemple…

Prudence ! Vincent sentit qu'on abordait un terrain dangereux. Il contemplait avec intérêt le dessin du tapis posé sur le carrelage.

— Il est magnifique votre Tabrik ! dit-il, et, comme s'il pensait à tout autre chose, Genève-Carnac, cela fait une longue route, il faut une voiture rapide…

Cette fois, il ne se trompait pas. Elle s'était redressée, légèrement, le regard soudain durci.

« Je viens de la mettre en alerte. », se dit Vincent. Et il se traita mentalement de tous les noms.

— Une voiture rapide ? Si l'on veut. J'ai une Vectra, une Opel, dit-elle d'une voix neutre. Hier, j'ai mis à peine dix heures…

— Dans votre Opel ? fit-il négligemment.

— Oui. C'est une bonne voiture, vous savez !

Cela c'était le gros mensonge. Le mensonge révélateur qu'il y avait anguille sous roche.

« Elle a quelque chose à cacher. Mais quoi ? » se demanda-t-il.

Et tout haut, avec quelque chose de décidé dans la voix, comme si c'était la chose importante, la seule à laquelle il eût pensé depuis le début de la conversation :

— Pour Jérémie O'Neill, vous croyez qu'il est possible de le rencontrer ?

Elle se carra dans son fauteuil, visiblement soulagée de changer de sujet.

— Certainement. Dites-moi ce qui vous intéresse. Parlez-moi de ce reportage.

Elle avait dit cela presque gentiment. Elle se dégelait, c'était bon signe. Le téléphone sonna dans la pièce voisine.

— Excusez-moi, dit-elle.

Elle sortit répondre. Vincent regarda autour de lui. Des toiles contemporaines, des meubles aux formes épurées. Dans le fond de la pièce un escalier menant à une mezzanine qui devait desservir l'étage. Par la fenêtre grande ouverte sur un coin de jardin, Vincent apercevait une touffe de fleurs d'un rouge ardent. « Des camélias, déjà ? Oui, je crois. »

Dans la pièce d'à côté, la conversation se prolongeait. Il prêta l'oreille, mais rien ne filtrait. Lorsqu'elle revint, Charlotte Nolac avait changé d'attitude. Tendue, nerveuse, elle semblait à présent désireuse de mettre au plus vite un terme à l'entretien. Vincent nota la main crispée sur l'accoudoir de la chaise près de laquelle elle restait debout.

— Je vous demande pardon, dit-elle. J'attends une de mes cousines qui vient passer le week-end et le menuisier s'annonce, il arrive d'une minute à l'autre. J'ai beaucoup de choses à régler avec lui. Pour Jérémie O'Neill, je vous promets de lui parler de vous. Rappelez-moi demain soir. Ou, plutôt, donnez-moi le nom de votre hôtel.

Le ton était sans appel. Vincent n'essaya même pas d'insister. Elle le précédait vers la porte et ne vit pas Vincent déposer prestement son mini Leica sur le siège du fauteuil qu'il venait de quitter. Sur le seuil, elle lui tendit la main, à nouveau distante.

— À demain.

« À bientôt, ma jolie... », se dit Vincent.

VIII

Vincent traversa pour marcher du côté ensoleillé. Il remonta la venelle sans se retourner, du pas nonchalant d'un promeneur qui prend le temps de humer l'air iodé, de lever le nez vers le ciel d'un bleu léger. Le chat était toujours sur son rebord de fenêtre. Au passage, pour faire plus naturel, il esquissa une caresse. Le chat hérissa le poil et fila.

— Tu ne me trouves pas sympathique... Cela tombe bien, je n'aime pas les chats...

Il regagna sa voiture, démarra, fit le tour de la place et revint se garer à trente mètres de l'endroit qu'il venait de quitter. Puis il sortit un journal de la poche de son blouson et alla se poster vers le fond de la place, dans l'encoignure d'une porte d'où il pouvait surveiller la quasi totalité de la venelle Saint-Tugdual. Et derrière son journal, l'œil aux aguets, il attendit. « Qu'est-ce qui la met dans cet état, la cousine ou le menuisier ? »

Il vit sortir la femme de ménage. Elle croisa un passant qui, une baguette de pain à la main, son chien trottant à ses côtés, s'en alla bientôt par l'autre bout de la venelle. Pendant une dizaine de minutes, il ne se passa rien. Tout était désert, paisible.

Jusqu'au moment où… En face, de l'autre côté de la place, une voiture arrivait, lentement, une 307, bleue, semblait-il… Un homme était au volant, une passagère à ses côtés. Vincent avait le soleil dans les yeux et il dut attendre que la voiture s'engage dans la venelle pour vérifier le numéro d'immatriculation : c'était bien la 307 que Christine Backermann avait abandonnée en Suisse, juste après la frontière. Il respira plus vite ; enfin, il se passait quelque chose ! Comme il s'y attendait, la voiture stoppa devant la maison aux volets bleus. Vincent avait dans sa poche un des derniers gadgets de la technique, une paire de jumelles avec appareil photo incorporé… Mais comment braquer des jumelles sans se faire remarquer ? Mieux valait se contenter de regarder…

Le conducteur descendit, un grand gaillard blond, à la carrure athlétique. Il ouvrit l'autre portière et la passagère descendit à son tour, plutôt jeune autant qu'on pouvait en juger à distance. Elle ouvrit une des portières arrière et une seconde passagère que Vincent n'avait pas remarquée sortit, une petite fille, six, sept ans tout au plus. Le conducteur ouvrit le coffre, en sortit une valise, un sac de voyage. La mémoire fonctionne par déclic. Cette scène, à un détail près, Vincent y avait déjà assisté… sur le parking de Chavannes de Bogis. À cet instant précis, le portillon s'ouvrit et les voyageurs entrèrent sans qu'aucun d'entre eux n'eût tiré le cordon de la sonnette. À aucun moment Charlotte n'était apparue.

« Elle devait les guetter de l'intérieur. Tout de

même, drôle de façon d'accueillir sa cousine, à supposer que ce soit sa cousine... »

Attendre encore un peu ou y aller tout de suite ? Vincent n'eut pas le loisir d'hésiter. Le grand gaillard blond était sorti et s'installait au volant. Après un discret demi-tour, il repartit vers la place. Cette fois, Vincent avait eu le temps de prévoir la manœuvre. Les jumelles grossissaient huit fois l'objectif et une simple pression du doigt déclenchait la prise. Lorsque la 307 repassa près de lui, Vincent était de nouveau absorbé par la lecture de son journal et il avait en boîte une photo du conducteur.

Rapidement, en principe il était pressé de récupérer son appareil, Vincent repartit vers la maison de Charlotte. Le portillon était resté entrebâillé. Une chance ! Il allait la surprendre. En trois enjambées, il fut sur le seuil. Un coup d'œil sur l'arrière de la maison : la petite fille jouait déjà dans le jardin. La porte était grande ouverte. Il frappa et entra. Charlotte sortit de ce qui devait être la cuisine, tenant un verre de lait. Elle le considéra, ébahie, sans chercher à cacher sa contrariété.

— Vous ! Qu'est-ce que vous faites là ?

— Je crois que j'ai oublié mon appareil photo dans...

À ce moment, une femme apparut au haut de la mezzanine. Elle avait encore son sac de voyage à la main.

Elle fit un sourire un peu las en direction de Charlotte.

— Vous avez vraiment pensé à tout. Je vous remercie, Madame.

Elle aperçut Vincent et lui adressa un bref salut de la tête.

— Et vous aussi, Monsieur, je vous…

Charlotte la coupa net :

— Monsieur est un visiteur. Et en direction de Vincent : Qu'est-ce que vous avez oublié au juste ?

Le ton avait la douceur d'une lame d'épée…

— Mon petit Leica, mon appareil photo… là, je crois, il me semble… sur le fauteuil…

Le balbutiement était bien imité mais elle ne le lâcha pas des yeux tandis qu'il reprenait son appareil. Sur le seuil, Vincent lui adressa un sourire plein d'innocence…

— Merci et excusez-moi.

— À demain, dit-elle d'une voix coupante.

Sitôt dans la rue, il entendit le claquement du portillon qu'on refermait avec un bruit sec, d'une sécheresse définitive.

IX

Une demi-heure plus tard, rentré à l'hôtel, Vincent faisait le point avec Jean-Luc :

— Elle ment, cela ne fait aucun doute. Elle m'a menti quand elle m'a dit qu'elle attendait une cousine. Ce qu'elle voulait c'était m'éloigner. Cette femme qui vient de débarquer chez elle, elle ne l'avait jamais vue ! Il y a une heure, elle ne la connaissait pas.

— Comment est-elle ?

— Qui, la femme ? Taille moyenne, corpulence moyenne, cheveux vaguement châtains... Correctement vêtue. Rien à signaler. La Française moyenne.

— Française, tu es sûr ?

— À l'entendre, oui.

— Et l'enfant ?

— Une petite fille, six ans environ.

Silence. Jean-Luc réfléchissait.

— Et puis, continua Vincent, il y a ces embrouilles de voitures. C'est Charlotte Nolac qui a ramené la Peugeot de Suisse, j'en jurerais. Son heure d'arrivée correspond au moment où la 307 a réintégré la villa de son propriétaire. Alors qu'à moi, elle raconte qu'elle a voyagé dans sa propre voiture, une Opel. Là non plus, elle ne dit pas la vérité. D'après la boulangère qui n'a aucune raison de mentir l'Opel est restée pendant trois semaines, dans son garage, à Carnac.

— Qu'est-ce que tu vas faire ?

— Qu'est-ce que nous allons faire… N'oublie pas, le spécialiste du journalisme d'investigation, c'est toi. Moi, je ne suis…

— Arrête, tu veux. Au fait, cette Charlotte Nolac, puisque c'est comme cela qu'elle s'appelle maintenant, elle est toujours aussi jolie ?

— Jolie ! Sur le point de dire qu'elle l'était encore plus… Vincent se contenta – mais pourquoi donc ? – d'ajouter d'un ton indifférent : Oui, bien sûr. Enfin… elle est comme tout le monde… elle a pris un peu de bouteille…

Il venait de raccrocher lorsque le téléphone de la chambre sonna de nouveau. Il décrocha.

— Vincent Hermelin ?

Il avait reconnu sa voix, ce ton impérieux et ce timbre aux modulations feutrées, un peu enfantines.

— Charlotte Nolac à l'appareil… J'ai pu joindre Jérémie O'Neill. Il accepte de vous rencontrer. Il vous attend cet après-midi à quatre heures, chez lui.

Elle lui dicta l'adresse que Vincent connaissait, mais il s'agissait de faire durer la communication.

— Et cette avenue, c'est de quel côté ? Attendez, je note dit-il. Je vous remercie, et j'espère que vous accepterez d'être mon invitée…

— Malheureusement, ce ne sera pas possible. Je suis débordée. Je dois rentrer à Genève plus tôt que prévu. Dès demain, et j'ai une longue route devant moi.

Elle parlait vite, sans un mot de trop. Il la devinait pressée d'en finir.

— Ce soir alors ? Je peux passer vous prendre… Un dîner rapide ; je vous ramènerai tôt…

— Non. C'est impossible. Je regrette. Une autre fois peut-être…

Elle avait raccroché. Il restait là, perplexe, le téléphone pendant au bout des doigts. « Elle est arrivée hier, elle repart demain. Toutes ces heures de voiture… Pourquoi ? Qu'est-ce qu'elle peut bien manigancer ? » Il enfila son blouson et dégringola l'escalier sans attendre l'ascenseur. Il avait juste le temps d'aller acheter de quoi faire bonne figure face au spécialiste qu'était Jérémie O'Neill. Mais, après avoir raflé tout ce qu'il avait pu trouver sur les mégalithes, à la “Librairie de la Côte”, il décida de commencer par un déjeuner au soleil. Le temps était radieux. Il s'installa à une terrasse face à la grande plage, commanda des huîtres et de l'eau minérale.

— De l'eau minérale ? Ça ne se fait pas ! lui dit le garçon. Il faut toujours boire un peu de vin avec les fruits de mer. C'est plus sain. Le vin, c'est un bon désinfectant. Nous avons un petit muscadet…

Vincent se laissa faire et posa son paquet de livres sur la chaise à côté. D'ailleurs, c'eût été un crime de regarder autre chose que la mer, scintillante de vaguelettes qui venaient mourir sur le sable blanc de la plage. À deux heures, il remonta dans sa chambre et attaqua la copieuse littérature qu'il s'était procurée. À quinze heures, il avait assimilé le bagage minimum du profane averti. Il connaissait deux mots de breton "*dol*" (table) et "*men*" (pierre). Il ne confondait plus un "dolmen" composé d'une dalle à l'horizontale, avec un "menhir", une pierre levée. Il savait qu'un "*cairn*" est un amas de pierres et de terre recouvrant une sépulture mégalithique. À quinze heures trente, finalement passionné par ce qu'il lisait, il était résolu à aller dès que possible visiter les alignements. À quinze heures quarante cinq, il s'arracha à sa lecture et marcha vers la villa de Jérémie O'Neill. Si on cédait aux stéréotypes – et pourquoi ne pas le faire, c'est tellement confortable, les stéréotypes, disait Jean-Luc – par le simple jeu des associations savant-vieux, bouquins-vieux bonhomme, Vincent s'attendait à rencontrer un notable conscient de son importance, coincé, installé dans l'espèce de confort intellectuel que procure le sentiment d'en savoir plus que les autres. Mais l'homme qui vint lui-même ouvrir le portail de la rue n'était pas du tout de ce genre-là !

— Monsieur O'Neill ?

— C'est moi. Je vous attendais. Entrez.

Noir de poil, très mince, l'air aussi peu irlandais que possible, Jérémie O'Neill ne paraissait pas ses soixante ans. Quel âge aurait-on pu lui donner ? Cinquante ? Cinquante-cinq ? Pas grand mais sportif à coup sûr, vu l'agilité avec laquelle il escalada en deux bonds les quelques marches du perron. Il précéda son visiteur à travers un vestibule où baillaient deux valises à moitié défaites, puis dans une vaste pièce dont les murs étaient garnis de vitrines pleines d'objets de toutes sortes. Devant les fenêtres donnant sur la pelouse, une immense planche à dessin et une table supportant un fouillis de dossiers et de piles de papiers.

— Asseyez-vous. Ne faites pas attention au désordre. Je viens d'arriver et je n'ai pas eu le temps de ranger – il se mit à rire, un rire qui lui tordait la bouche de façon asymétrique et lui plissait les yeux, un rire communicatif. D'ailleurs, je ne range jamais, je ne suis bien que dans le désordre.

— Merci de me consacrer quelques instants, dit Vincent, c'est…

Jérémie O'Neill interrompit les remerciements d'un geste de la main qui fit briller une fine gourmette en or au poignet.

— C'est bien naturel. Que puis-je pour vous ?

Vincent s'était préparé à la question… Il avait son histoire bien rodée : en plus de ses activités à la télévision, il donnait des articles à une revue artistique pour laquelle… Il réussit à servir avec passablement de naturel le reportage sur les mégalithes, les photos – c'était sa spécialité – mais pour les textes… il savait que des fouilles étaient en cours et si on pouvait fournir des données nouvelles…

— On a déjà beaucoup écrit sur le site de Carnac… dit Jérémie O'Neill avec une nuance d'ironie dans le sourire. Mais si vos lecteurs sont intéressés… Comment s'appelle votre revue ?

Vincent collaborait épisodiquement à une revue spécialisée dans les photos à caractère culturel ; c'était le seul élément véridique de l'histoire. Heureusement ! Il donna le titre.

— Ah oui, je la connais, dit Jérémie O'Neill, ce n'est pas mal…

— C'est très grand public, dit Vincent, de la vulgarisation…

— Oui, mais de la vulgarisation de bonne qualité.

Il avait dit cela avec une désinvolture à peine condescendante, sans cesser de fixer Vincent avec attention. Il se renversa sur son fauteuil, croisa les jambes. Son pantalon de velours beige était fatigué, marqué aux genoux mais les mocassins qu'il balançait négligemment, du bout des orteils, sentaient le grand bottier.

— Il y a quelque temps, je vous aurais déconseillé le sujet. Vous savez que, pendant des années, depuis… 1991, je crois, on était en pleine polémique. Entre Paris et Carnac, c'était la guerre, la guerre des menhirs.

— Non, j'ignorais. De quoi s'agit-il ?

Jérémie O'Neill se révélait brillant causeur : un ensemble exceptionnel, unique au monde, des monuments datant du néolithique. Certains remontent à cinq mille ans avant JC.

— Près de trois mille menhirs, vous vous rendez compte ! Il fallait préserver le site des visites excessives… À Paris, on a commis des erreurs… Notamment, les fameux grillages qui ont rendu fous les habitants de Carnac… Mais tout cela est en voie d'apaisement. Des deux côtés, on y a mis du sien. Les fouilles ? Oui, elles ont repris… Pas grand-chose de nouveau pour le moment mais je peux vous faire une fiche…

Il parlait avec fougue, visiblement passionné par son sujet. Vincent prenait des notes tout en pensant qu'il aurait bien aimé savoir si la 307 était ou non dans le garage de son propriétaire. Le hasard vint l'aider alors qu'il se préparait à prendre congé. Un bruit de moteur qu'on arrête dans la rue, tout près. Une porte qui claque ; des pas dans le vestibule. La porte s'ouvrit et un grand jeune homme très blond entra. Vincent le reconnut immédiatement : le matin même, il était au volant de la 307 qui avait amené la prétendue "cousine" chez Charlotte. Très beau type, de magnifiques yeux clairs avec un bronzage sans défaut.

— Mon neveu, Quentin Le Trez… dit Jérémie O'Neill. Et Monsieur…

— Vincent Hermelin. Merci encore, enchaîna Vincent. C'est très aimable à vous de m'avoir reçu.

— Mais dès l'instant que vous étiez annoncé par notre amie commune, c'était un plaisir. Charlotte Nolac est une grande amie…

Charlotte… Jérémie… Quel était le lien entre ces deux-là…

— Une femme remarquable, dit Vincent en se balançant d'un pied sur l'autre.

— N'est-ce pas ? Aussi intelligente que belle. D'ailleurs, au cabinet Lambertini, on se félicite d'avoir recruté une juriste aussi compétente. De surcroît, elle est douée pour les relations publiques, les clients l'apprécient beaucoup.

L'entretien se terminait. Dommage ! Il prenait un tour intéressant.

— Je crois qu'elle vous aide à préparer votre soirée d'anniversaire, glissa Vincent avec un sourire qu'il voulait innocent.

Jérémie O'Neill se mit à rire.

— Je vois que vous savez tout. Hélas, elle ne pourra pas être des nôtres. On a besoin d'elle. Un rendez-vous important. Elle prend le train ce soir pour Genève.

Le train... Ce soir... Elle avait dit qu'elle partait le lendemain, en voiture... Vincent était suffisamment sur ses gardes pour cacher son étonnement. Il serra les mains qu'on lui tendait. Du haut du perron, on plongeait dans la rue. La 307 était garée devant la villa.

— Ne vous dérangez pas, lança-t-il, je connais le chemin.

— Mon neveu va vous ouvrir le portail, fit Jérémie O'Neill, avec un dernier salut de la main.

La cousine de Charlotte Nolac, le neveu de Jérémie O'Neill... Décidément, ces gens-là avaient le sens de la famille...

X

Il rentra directement à l'hôtel, impatient d'exploiter le précieux renseignement obtenu au dernier moment.

Le temps pressait. Appeler la rédaction, demander qu'on lui trouve au plus vite les coordonnées du cabinet Lambertini. Avec cela, il était sûr de suivre Charlotte à la trace.

En fin de soirée, son sac bouclé, son billet pour Genève obtenu d'extrême justesse, il rongeait son frein en attendant le coup de fil de la documentaliste. Ce fut Denis Durandel en personne qui rappela.

— Tu as demandé des tuyaux sur le cabinet Lambertini... adresse : – tu notes ? – trente-trois rue des Arcades. C'est du côté de la Corraterie, tu situes ?

— À peu près.

— Tu trouveras le numéro de téléphone dans n'importe quel annuaire.

Vincent entendit Denis soupirer :

— Ça n'a pas été simple...

— Pourquoi ? Secret défense ?

— Non. Discrétion. La fameuse discrétion genevoise.

— On travaille dans quoi, chez Lambertini ?

— Conseils juridiques et financiers à l'intention des étrangers qui veulent s'installer en Suisse, en toute légalité. Beaucoup de Français – nouveau soupir au bout du fil – puisque les Français sont assez bêtes pour faire fuir leurs grosses fortunes…

Dans l'appareil on entendait le souffle un peu court de Denis.

— Tu as couru, demanda Vincent ?

— Non, pourquoi ?

— Pour rien.

« Il devrait voir un cardiologue », pensa Vincent. « Les gens ne se rendent pas compte à quel point les journalistes font un métier stressant… »

— Pour l'avocate…

— Elle est sûrement sur liste rouge, coupa Vincent.

— Eh bien non, figure-toi. Tu notes toujours ? Vingt-six, rue des Granges. On reste dans les beaux quartiers… C'est elle ta piste ?

— Oui.

— Jean-Luc m'a dit qu'elle était très jolie…

— Exact.

— Tu ne vas en faire qu'une bouchée !

— Ça m'étonnerait.

— Pourquoi ? Tu t'y prends bien avec les femmes d'habitude…

— Avec celle-là, je m'y prends mal.

— À toi de te débrouiller. À Genève, loue une voiture. Descends dans un bon hôtel. On ne chipotera pas sur ta note de frais, mais fais vite. On a de plus en plus de mal à cadrer l'affaire.

— Mais je croyais qu'on avait payé le détective suffisamment cher pour qu'il nous garde l'exclusivité.

— C'est un requin. Il négocie en sous-main pour laisser filer des fuites.

— Et Backermann ?

— Il contre-attaque. Christine Backermann est maintenant sous le coup d'un mandat d'arrêt international. Et son avocat commence à distiller des accusations au compte-gouttes. Tu as bien compris ? Si tu as l'impression que la petite Backermann fabule...

— On laisse tomber, dit Vincent.

— Non. On traite le sujet en une minute, au treize heures, c'est le genre de truc qui plaît à la ménagère de cinquante ans. Mais si tu arrives jusqu'à elle, si tu obtiens des accusations précises, de première main, on peut mettre le gouvernement en difficulté, peut-être même faire sauter le ministre...

Il avait dit cela posément, de sa voix feutrée.

Vincent le voyait, comme s'il était face à lui, gros matou à l'air gourmand, se léchant à l'avance les babines, à l'idée du scandale dont il tirerait les ficelles.

— Je vais faire au mieux, dit Vincent.

— Ah ! Un dernier point, dit encore Denis. Tu connais les règles du jeu... Tant que les choses se passent correctement, tant qu'on travaille sur du solide, on te couvre. Si tu te laisses manipuler, si tu te plantes...

— On me lâche, dit Vincent. C'est beau une équipe solidaire…

Outre ses nombreuses qualités professionnelles, Denis avait le sens de l'humour.

Il hoquetait de rire en raccrochant.

XI

Le taxi fit un demi-tour sur la place et s'arrêta.

— Voilà ! Vous êtes arrivé, dit le chauffeur.

— Drôle de gare, fit Vincent, il n'y a personne.

— À cette heure-ci, c'est vrai, concéda le chauffeur. Mais c'est aussi une gare routière ; dans la journée, il faut voir ça. Il y a des autocars qui viennent de tout le coin et même de Vannes…

Vincent paya, descendit. Il regarda sa montre et vérifia à l'horloge extérieure : vingt heures douze. Il faisait nuit noire.

« Encore un bon quart d'heure à attendre. Pourvu qu'elle vienne. Pourvu que je ne me sois pas trompé… » Il regarda autour de lui : la gare donnait sur une sorte de place, vaste espace, désert, chichement éclairé. « Comment faire pour passer inaperçu dans un endroit pareil ? »

À Auray, on le lui avait dit lorsqu'il s'était renseigné, la gare était située dans un faubourg, loin de l'animation du centre-ville. Vincent se félicita d'avoir prévu d'arriver en avance. Cela lui permettait de préparer sa manœuvre, car monter dans le train sans se faire repérer par Charlotte Nolac s'avérait délicat. Il prit le parti d'aller se poster derrière un autocar en stationnement. Puisqu'il avait quelques minutes, il tenta de joindre Margot. La sonnerie résonna longuement. « Elle n'a même pas branché le répondeur ! »

Il essaya le portable, n'obtint que la messagerie : « Elle exagère ! Il serait grand temps qu'elle mette la pédale douce… »

Il avait essayé de l'en convaincre, pas plus tard que la veille au soir. « Mais, je ne suis pas malade ! Je suis enceinte, ce n'est pas la même chose ! » avait rétorqué Margot, lorsqu'il lui avait fait remarquer qu'elle travaillait trop, qu'elle sortait trop.

La perspective de devenir père – pour la première fois – faisait à Vincent une curieuse impression de satisfaction mêlée d'anxiété. Il n'y connaissait rien, comme le lui répétait Margot, mais il était convaincu que, dans cet état, une femme doit ménager ses forces. « C'est le bon sens… Pourvu que le bébé soit réussi ! »

Il attendait. De rares passants traversaient la place, hâtivement. Quelques voitures. Vincent en compta quatre qui contournèrent la place sans s'arrêter. Vingt heures quinze : une cinquième voiture arrivait, une Clio de couleur claire qui s'arrêta juste devant l'entrée de la gare. Le conducteur sortit. À la lumière des phares. Vincent reconnut Quentin le Trez, le neveu de Jérémie O'Neill. Il extirpa du coffre une petite valise-traîneau, ouvrit la portière. Charlotte descendit à son tour. Elle portait un imperméable clair.

« Tant mieux. Je l'aurai à l'œil plus facilement. »

Vingt heures vingt-trois. À moitié caché derrière

l'autocar, Vincent ne les perdait pas de vue. Ils semblaient bavarder à bâtons rompus, levant le nez de temps à autre en direction de l'horloge, sans un geste qui aurait pu trahir une quelconque inquiétude. Une voyageuse paisible, accompagnée par un beau jeune homme bien élevé qui, galamment, se charge de la valise. Un couple banal qui n'a rien à cacher.

— Et pourtant, elle m'a menti, sciemment, sur le jour et l'heure de son départ...

À présent, Vincent fixait l'horloge. L'aiguille se déplaça d'un cran, puis d'un autre : vingt heures vingt-sept. Dans le haut parleur, on annonçait le départ imminent. Le couple se dirigea vers la porte qui donnait accès aux quais. Vincent les vit se serrer la main chaleureusement. Charlotte saisit sa valise, franchit la porte. Sur un dernier signe d'adieu, Quentin Le Trez monta dans sa voiture et démarra. Il n'était que temps. Vincent quitta son abri, traversa la place, entra dans la gare. Il balaya le quai du regard : personne. Charlotte devait déjà s'installer dans sa couchette. Il monta à son tour. Vingt heures trente-deux : le train démarra.

*

Huit heures cinquante-deux : trois minutes d'arrêt en gare de Bellegarde, dernière station avant Genève.

« Attention ! À Bellegarde, il peut se passer des choses... » C'était en gare de Bellegarde que, trois jours plus tôt, il avait pris en chasse Christine Backermann, à sa descente du train. Sur le marchepied du compartiment, sac de voyage à portée de main,

Vincent se tenait prêt à sauter sur le quai. Mais rien d'intéressant ne se passa. Un groupe descendit, des hommes portant des attachés-cases, un séminaire probablement. Seuls voyageurs à monter, une famille au complet, parents, grands-parents, rejetons discutant bruyamment en schwiitzer dütsch. Vincent resta à scruter toute la longueur du quai jusqu'au moment où le train s'ébranla. « J'espère qu'elle ne m'a pas filé entre les doigts… »

Il retourna à sa place et regarda nerveusement défiler le paysage.

Neuf heures vingt-trois : le train stoppa en gare de Genève. Vincent était passé au lavabo pour chausser des lunettes fumées et se coiffer d'une casquette qui lui allait au plus mal. Mais, au moment de descendre, le coup d'œil jeté sur la vitre qui lui renvoyait son reflet ne le rassura pas : ainsi affublé, il était plus ridicule que méconnaissable…

« J'ai l'air du troisième couteau d'une série télévisée des années soixante ! »

Il fut un des premiers sur le quai et, à son grand soulagement, il aperçut tout de suite Charlotte Nolac, traînant sa valise, qui se hâtait vers l'escalier roulant. Au niveau inférieur : les guichets de la police. Vincent connaissait bien la gare Cornavin qu'il avait pratiquée à plusieurs reprises. Il savait qu'on ouvre généralement deux postes de contrôle pour l'arrivée des trains internationaux. Mais, à cette heure matinale ?

Il descendit à son tour.

« Ouf ! Il y a deux guichets. »

Il ralentit l'allure pour laisser Charlotte prendre un peu d'avance, la vit se diriger vers le couloir de droite, tendre sa carte. Il prit le couloir de gauche, passa devant les policiers français puis suisse et rangea ses papiers dans sa poche assez longuement pour voir Charlotte s'éloigner. Quelques instants plus tard, il se retrouvait, trois mètres derrière elle, mêlé à la foule qui se pressait dans le grand hall commerçant. Elle entra dans le premier relais Naville. Vincent la vit acheter une brassée de quotidiens français, les feuilleter, en ouvrir un. Vincent était assez près pour lire la manchette qui s'étalait en gros caractères : « *LA CAVALE DE CHRISTINE BACKERMANN*. » Elle fourra les journaux dans la poche extérieure de sa valise et sortit. Vincent, malgré la foule, n'avait aucune peine à la suivre. Elle marchait vite. Arrivée à mi-chemin du grand hall, elle se retourna si brusquement que Vincent eut juste le temps de se coller le nez à une vitrine. Elle resta sur place quelques instants.

« Le coup classique. Elle veut s'assurer qu'elle n'est pas suivie. Donc, elle se méfie... » Elle reprit sa marche et, au bout de quelques mètres, entra dans une boutique “Aux jouets du Léman”. Vincent s'arrêta devant le magasin d'en face, perdu dans la contemplation des différents modèles de walkman qui garnissaient la vitrine. Quelques pas encore et il trouva l'angle idéal d'où il ne perdait rien de ce qui se passait dans la boutique de jouets. Une seule vendeuse, occupée à servir un client, et Charlotte qui attendait sagement son tour… Le client sortit. Et tout se passa si vite que Vincent ne comprit qu'après coup. Charlotte s'était approchée du comptoir. La vendeuse lui tendit quelque chose que Charlotte saisit avant de ressortir immédiatement. Elles n'avaient pas échangé un seul mot, Vincent l'aurait juré.

« Qu'est-ce que la vendeuse lui a donné ? Trop petit pour un billet de banque… Qu'est-ce que c'est que ce bout de papier ? »

Ce ne fut qu'au bout du hall que tout devint clair lorsqu'il la vit se planter devant les caisses des parkings. Sans hâte, tranquillement, Charlotte introduisit le ticket dans la caisse ; elle paya et prit un des ascenseurs qui conduisaient aux sous-sols. Au risque de se faire repérer, Vincent s'était rapproché au plus près, écarquillant les yeux.

« Deuxième ? Il me semble… »

Il s'engouffra dans l'ascenseur voisin, débarqua au deuxième sous-sol presque en même temps que Charlotte. Elle longea la file de voitures, s'arrêta au bout de la rangée. Il entendit le claquement des portières, le bruit du moteur qu'on met en route. La voiture passa devant lui pour gagner la sortie, il reconnut une petite Fiat blanche, immatriculée à Genève…

XII

Onze heures quarante, rue de la Corraterie. Le quartier des banques. Des magasins luxueux, sans ostentation. Immeubles cossus à l'entrée desquels de simples plaques de cuivre signalent discrètement l'entrée des grands établissements patriciens.

Il faisait beau. Malgré sa nuit dans le train où, contrairement à son habitude, il avait peu dormi, Vincent se sentait en pleine forme. En sortant de la gare, il s'était fait conduire à son hôtel, et, là, il avait dû convenir qu'à la rédaction, pour une fois, on n'avait pas lésiné.

— Tu es bien installé ? avait demandé Margot qui avait, enfin, trouvé le temps d'appeler.

— Très bien. Ma chambre donne sur les quais. Je vois les jets d'eau.

— Comment cela, les jets d'eau ? Il n'y a qu'un seul jet d'eau à Genève !

— Non, maintenant, il y en a deux.

— Dommage…

Vincent ralentit pour admirer d'éblouissants bouquets dans la vitrine d'un fleuriste avant de tourner dans la rue des Arcades. Quelques pas encore et il sonnait à la porte du cabinet Lambertini. Il avait beaucoup hésité sur la tactique à adopter mais, dans tous les cas de figure, on retrouvait une constante : Charlotte, incontournable maillon de la chaîne qui pouvait le mener à Christine Backermann. Restait à trouver le meilleur moyen pour découvrir son adresse et l'approcher le plus habilement possible. À l'homme en complet trois pièces, cravaté comme un prince, qui vint lui ouvrir la porte et l'introduisit dans une pièce qui tenait plus du salon que d'un vestibule, Vincent demanda à voir madame Nolac

— Vous avez rendez-vous, Monsieur ?

— Non, mais c'est une affaire importante, j'aurais besoin d'urgence d'un conseil.

Comme prévu, il s'entendit répondre très courtoisement que c'était impossible avant plusieurs jours.

— Cette après-midi, peut-être ? insista Vincent. Ou pendant l'heure du déjeuner ? Une dizaine de minutes me suffiraient…

— C'est de la part de Monsieur ?

— Ambrosio, dit Vincent, tout à trac, se souvenant à point nommé du prénom de son grand-père immigré italien.

— Je vais voir.

L'homme revint au bout de quelques instants, assurant d'une voix feutrée mais ferme que la secrétaire regrettait beaucoup mais que l'agenda de madame Nolac était complet pour la journée, celle du lendemain et du surlendemain. Vincent déclina l'offre d'un rendez-vous la semaine suivante et se retira, satisfait de ce qu'il avait appris : Charlotte était dans les lieux.

Il allait devoir attendre. Une planque de plus, voilà tout. Elle finirait bien par sortir. Au pis, dans la soirée ; avec un peu de chance, à l'heure du déjeuner. Ce fut la chance. Peu après midi, elle franchit la porte du cabinet Lambertini. Elle montait en direction du Grand Théâtre, vers le quartier des restaurants. Vincent hésitait : attendre une occasion propice – ce soir ? – et essayer de la pister jusqu'à chez elle ou l'aborder tout de suite au risque de provoquer un esclandre dans la rue.

« Dommage que Jean-Luc ne soit pas là ! »

Avec son culot et aussi son sang froid, Jean-Luc maîtrisait parfaitement ce genre de situation… Ce fut dans la rue de la Synagogue qu'il décida de passer à l'action. Profitant de ce qu'elle attendait au feu rouge avant de traverser, il la rejoignit.

— Bonjour !

Elle se retourna, visage de Gorgone figé par la colère.

— Vous ! Encore vous ! Qu'est-ce que vous faites ici ?

Les grands yeux bleus lançaient des éclairs.

— Je fais un reportage… sur les vestiges gallo-romains de la région, les premières cathédrales des Gaules…

La gaffe ! Elle s'était avancée d'un pas. Il vit ses yeux virer au noir, sa bouche se durcir sous l'effet de la colère.

— Assez de mensonges ! Vous m'espionnez, vous me suivez… Je comprends maintenant que vous n'êtes pas venu chez moi, à Carnac, par hasard ! Que me voulez-vous ? Si vous ne me laissez pas, je vais prévenir la police !

— La police ? Non, je ne crois pas que vous allez prévenir la police. Vous aussi, vous avez des choses à cacher.

Vincent lui avait dit cela avec une grande douceur qui sembla la calmer quelque peu.

— Venez avec moi, insista-t-il. C'est l'heure du déjeuner… Allons nous asseoir quelque part, nous allons nous expliquer.

Il fallut un moment pour la convaincre d'accepter. Et ils se retrouvèrent face à face dans un salon de thé.

— Que prenez-vous ?

— Rien. N'importe quoi.

Il commanda deux salades composées. Elle s'était appuyée au dossier de la banquette, dans un mouvement de lassitude. Elle saisit le regard de Vincent, posé sur elle, et elle se redressa, droite, comme d'habitude.

— Et maintenant vous allez me dire pourquoi vous m'avez suivie jusqu'ici !

Sa voix… Comment pouvait-on parler avec une voix si douce, presque une voix de petite fille, et un ton aussi impérieux… Vincent prit son souffle.

— Je veux que vous me meniez jusqu'à Christine Backermann.

Elle ne cilla pas. Simplement, elle laissa sa fourchette. Les coudes sur la table et le menton dans les mains, elle le scrutait en silence. La table était étroite.

Il ne l'avait jamais vue d'aussi près. Il aurait pu compter les griffures imperceptibles autour de ses yeux battus... Elle avait dû se remaquiller avant de sortir sans effacer pour autant les traces de la nuit dans le train : le blush aux pommettes sur les joues pâles et la bouche, impeccablement dessinée, crispée dans une moue qui disait le refus.

— C'était donc cela... Qu'est-ce que vous lui voulez à Christine Backermann ? dit-elle âprement.

— La défendre si elle dit la vérité. Lui rendre justice.

Vincent avait répondu d'un jet, sans réfléchir. Il se rendit compte, à cet instant, que, depuis le début, il était contre le ministre, du côté de sa femme. Elle baissa la voix :

— Christine, même si je le voulais, je ne pourrais pas vous mener jusqu'à elle. Je ne sais pas où elle se trouve en ce moment. Nous cloisonnons les renseignements, par prudence.

— Nous ?

— Moi et d'autres... Je fais partie d'une... – elle hésita – d'une organisation qui vient en aide à des femmes en difficulté... Je veux dire des difficultés particulières – elle hésita encore – en fait, il s'agit, la plupart du temps, de Françaises obligées de fuir pour mettre leur enfant à l'abri, à l'abri de dangers, de pratiques dangereuses.

— Des pratiques d'ordre sexuel ?

— Oui.

— C'est le cas pour Christine Backermann ?

— Oui.

— Quand elle accuse son mari de pratiques pédophiles sur son fils, elle dit la vérité ?

— Oui. Nous avons des preuves.

Ils mangèrent en silence. Plus tard, Vincent devait se souvenir qu'à aucun moment il n'avait douté de la sincérité de Charlotte. Elle parlait. Il l'écoutait. Il la croyait. C'était simple.

— Alors, dit Vincent, aidez-moi à la faire éclater, cette vérité. Si je peux la rencontrer, si elle accepte de me parler, nous, à la rédaction, nous pouvons beaucoup pour l'aider, vous le savez…

Elle le regardait, sans rien dire, droit dans les yeux et Vincent se rendait compte qu'elle était en train de mesurer le degré de confiance qu'elle pouvait lui accorder. Elle se décida brusquement :

— Venez chez moi ce soir, à sept heures. Je vous ferai rencontrer quelqu'un qui pourra peut-être faire quelque chose pour vous.

— Chez vous ?

— Dans la vieille ville. Vingt-six, rue des Granges.

XIII

Il était un peu plus de dix-huit heures trente, lorsque Vincent traversa la rue du Rhône. Il avait passé l'après-midi à essayer de travailler : téléphoner à Denis Durandel pour lui annoncer que « cela avançait », à Jean-Luc pour lui demander deux ou trois conseils. D'habitude, c'était Jean-Luc qui assumait le montage des interviews. Vincent, lui, avait la charge des images. Depuis le temps qu'ils faisaient équipe, ils se savaient par cœur. Vincent collait à la technique de son vieux copain : mettre l'interlocuteur en confiance et, quand il s'y attend le moins, placer les banderilles, les affirmations dérangeantes, les questions abruptes. C'est aussi à cet instant qu'on prend les meilleurs clichés, ceux qui révèlent ce que l'on veut cacher, les haines secrètes, les jalousies, les fêlures… Dans ces moments-là, Jean-Luc ne faisait pas de quartier, tandis qu'il arrivait à Vincent, incorrigible sentimental, de couper les images les plus féroces…

— Mais tu t'en tires très bien sans moi, avait dit Jean-Luc.

N'empêche, Vincent avait soigneusement préparé les questions qu'il poserait à la femme du ministre.

Vers quatre heures, il était sorti. Il n'en pouvait plus de rester enfermé par cette belle journée… À moins que ce ne fût l'impatience à la perspective de ce moment de tête à tête avec Charlotte Nolac. Il avait erré au bord du lac, dans le jardin anglais envahi par un groupe de touristes asiatiques qui mitraillaient le jet d'eau. Puis, il avait prolongé sa promenade le long du quai Gustave-Ador. Dans les bassins de la Nautique, une nuée d'embarcations en tous genres dansait sur les eaux du lac.

« Un port de plaisance digne des côtes de l'Atlantique ! C'est vrai que la Suisse a gagné la Coupe de l'America ! »

Lorsque le soleil disparut derrière le Salève et que les contours des deux rives se noyèrent dans la brume, il frissonna. Un froid humide montait du lac. Il était temps de rentrer à l'hôtel et de se préparer pour son rendez-vous. Il passa sur la place du Molard où les boutiques de plein air fermaient leurs éventaires. Vincent avisa, dans une échoppe de fleuriste, des bouquets plutôt maigrichons. Il en acheta trois.

— Vous pouvez m'arranger cela en un seul bouquet ?

Et il se retrouva, une heure plus tard, dans les rues basses, ses fleurs à la main, en avance, comme un nigaud qui va à son premier rendez-vous. Il savait qu'il existe, tout près de là, un ascenseur qui vous amène à deux pas de la rue des Granges mais il avait du temps à perdre… Il monta l'escalier, déboucha sur la place du Perron, se perdit un peu près des canons de l'Arsenal, et se retrouva rue Calvin. Malgré le froid, il se sentait d'humeur à plaisanter.

« Calvin... Un beau cadeau qu'on leur a fait là, aux Genevois, en leur envoyant notre Chauvin ! »

À dix-neuf heures précises, il sonnait à la porte de Charlotte, rue des Granges, la rue la plus aristocratique de la ville.

Façades sévères des vieux hôtels particuliers où habite encore la fine fleur des grandes familles genevoises.

« Comment a-t-elle réussi à se trouver un appartement ici ? »

Il sonna, se plaça bien dans l'axe de l'écran de surveillance. Et la voix de Charlotte se fit entendre dans l'interphone :

— Montez lentement, c'est au dernier étage.

L'appartement était légèrement mansardé – un charme de plus – chaudement éclairé par de grandes lampes posées un peu partout.

La première chose que vit Vincent en entrant dans le salon fut une table dressée avec deux couverts. Charlotte l'avait invité à dîner ! C'était inespéré ! Il lui tendit son bouquet avec le sentiment d'avoir remporté une victoire.

Pendant le dîner, il dut se surveiller pour s'en tenir aux questions strictement professionnelles :

— Pourquoi votre organisation prend-elle tant de précautions ? Ces changements de voiture... Il plaisantait pour la mettre en confiance : j'ai eu l'impression d'être dans un film policier... On pourrait presque se demander si on n'a pas affaire à des malfaiteurs, à des criminelles...

— Mais la plupart de ces femmes sont traquées comme des criminelles ! On les poursuit pour enlèvement d'enfant, séquestration, que sais-je ? Pour peu qu'elles soient sous le coup d'un mandat d'arrêt international, la police suisse est tenue de collaborer. La justice française est sans pitié. Et pourtant...

Elle parlait avec fougue, et dans le contre-jour du lampadaire posé près du canapé, ses cheveux formaient un halo doré tout autour de son visage.

— Pourtant, pour sauver leur enfant, les femmes qui nous arrivent ici n'ont pas hésité à tout quitter. Elles s'enfuient avec une valise, sans rien parfois. Elles savent qu'elles vont vivre pendant des mois, des années, dans la clandestinité, avec tout ce que cela comporte de difficultés, de privations... Elles prennent tous les risques

— Vous aussi, dit Vincent, vous prenez des risques.

— C'est vrai.

— Vous leur faites passer la frontière, c'est cela ? demanda Vincent.

Il la vit se raidir et lui jeter un rapide coup d'œil, méfiante de nouveau. Vincent lui sourit.

— N'ayez pas peur. Vous pouvez me faire confiance, je ne vous trahirai pas.

Elle se détendit un peu.

— Je ne fais jamais passer la frontière... Jamais moi-même. Mais il arrive qu'on utilise ma voiture ;

et, parfois, j'héberge pendant quelques jours, en attendant qu'on trouve une solution. Si j'étais prise, on me retirerait immédiatement mon permis de travail et je ne parle pas des poursuites.

— Pourquoi faites-vous cela ? dit Vincent.

Elle lui faisait face : narines frémissantes, pommettes sculptées par la lumière et, sous une mèche de cheveux fous, le lobe d'une oreille, rose, translucide.

— Un enfant maltraité, je n'ignore pas tout à fait ce que c'est… Moi aussi, j'ai été…

Elle détourna la tête, les yeux embués. Elle n'était plus que fragilité.

— Vous savez – sa voix avait baissé jusqu'à n'être plus qu'un souffle – il y a différentes façons de blesser un enfant, de le violer jusqu'au plus profond de sa sensibilité…

— Votre père ?

— Non. Je n'ai pas connu mon père. Il est mort peu après ma naissance. Ma mère était jeune, elle voulait refaire sa vie. Elle a rencontré un homme… J'avais six ans… Il paraît que j'étais une très jolie petite fille… Je me suis tue pendant des années.

Dans le silence qui suivit, Vincent lutta contre l'envie folle de la prendre dans ses bras. Ils allaient se revoir, il trouverait les mots pour la consoler, la rassurer !

Charlotte se leva ; elle s'était reprise.

— La personne dont je vous ai parlé n'a pas pu se libérer ce soir.

Avec ce qui lui restait de lucidité, Vincent, lui aussi, revint sur terre, à l'affaire Backermann.

— Pour le contact…

— Vous avez rendez-vous demain matin, à huit heures, au Mowenpick de la Fusterie.

— Mais cette personne, je ne la connais pas…

— Elle – c'est une femme – elle vous connaît. Elle tiendra à la main un exemplaire de la *Tribune de Genève*.

XIV

Vincent vida sa tasse de café, la deuxième. Il connaissait le Mowenpick de la Fusterie, où, lors de précédents voyages, il lui était arrivé de déjeuner sur le pouce. Un endroit commode pour donner rendez-vous dans le centre. Il avait pris soin de s'installer à une table de la partie café qui donne à la fois sur la place et sur le passage couvert reliant la rue du Rhône et la rue de la Confédération. Et, là, les yeux rivés sur la porte, depuis dix minutes, il guettait l'entrée de l'inconnue avec qui il avait rendez-vous.

Il se préparait à commander un troisième café, lorsque, peut-être parce qu'il avait senti un regard peser sur lui, il se retourna.

— C'est elle !

Il venait de reconnaître la grande brune qui avait embarqué Christine Backermann sur le parking de Chavannes. Elle le fixait. De près, elle était moins jolie et même pas jolie du tout… Une longue figure chevaline… Il lui fit un signe. Elle ne broncha pas mais sortit de son sac un journal qu'elle déploya, la Tribune de Genève. Vincent la regarda déposer de la monnaie sur sa table, puis sortir. Il fit de même et lui emboîta le pas. Vue de dos, elle avait tout d'une costaude ; elle marchait à grandes enjambées de sportive. Quelques mètres plus loin, elle s'arrêta pour l'attendre.

— Bonjour, dit Vincent. Où allons-nous ?

— Prendre ma voiture, au parking du Mont-Blanc.

Sans un sourire. Elle s'installa dans une voiture que Vincent reconnut, c'était bien la VW qui l'avait semé, du côté de Plainpalais. D'un geste, elle invita Vincent à monter. Pas un mot. L'expédition n'allait pas être une partie de plaisir ! Par le quai du Mont-Blanc puis le quai Wilson, ils sortirent de la ville. Ils étaient maintenant sur l'autoroute en direction de Lausanne. C'était le moment de tenter quelque chose pour détendre l'atmosphère.

— Je suis Vincent Hermelin, journaliste.

— Je sais. Moi, c'est Estelle. Ne me demandez pas mon nom.

— Je ne le vous demande pas.

Le trajet se poursuivit en silence. Ils roulaient sur la portion d'autoroute qui surplombe le lac. Mais Vincent ne prêtait aucune attention à la beauté du paysage, entièrement occupé à mémoriser l'itinéraire. De temps en temps, il jetait un coup d'œil à la conductrice : visage fermé, elle conduisait comme s'il n'avait pas existé. D'emblée, Vincent l'avait classée dans la catégorie des “pas marrantes”…

Peu avant Vevey, on sortit de l'autoroute : les vignobles de Chexbres, le village de Chardonne… on avait pris la direction de Mont-Pèlerin. La route s'élevait en lacets à travers des prairies vertes où traînaient quelques traces de neige. Vincent scrutait les panneaux indicateurs, les notait mentalement. Le manège n'avait pas échappé à la conductrice.

— Inutile de vous démancher le cou. Vous n'aurez pas à revenir ici. Ce n'est qu'une étape sans plus.

— Vous auriez dû me mettre un bandeau sur les yeux, dit Vincent, agacé.

— J'y ai pensé mais ça nous aurait fait remarquer !

Ils venaient d'entrer dans le canton de Fribourg. Quelques kilomètres encore et Estelle ralentit. Vincent, au passage, photographia du regard le panneau qui indiquait le nom du village : Attalens. La voiture ralentit encore, quitta la grand-route. Un virage à droite, un autre. Estelle stoppa devant un groupe de maisonnettes. L'une d'elles portait un écriteau « *À louer* ».

— C'est ici, dit Estelle. Vous allez rencontrer quelqu'un qui pourra vous être utile.

Le jeu de piste continuait... Sur le seuil de la maison, Estelle se retourna vers lui.

— Donnez-moi votre parole que vous ne révélerez à personne où se trouve cette maison.

— Je vous la donne.

Ils entrèrent. Un vestibule, puis une pièce vide aux volets clos, violemment éclairée par un plafonnier. Estelle avait disparu. Vincent entendit claquer une porte à l'étage. Quelqu'un descendait par l'escalier. La porte s'ouvrit. Vincent se retourna. Christine Backermann était devant lui. Ce fut étonnamment facile. Christine Backermann était d'accord pour tout, photos, prises de vue, enregistrement, ce qu'on voulait.

Elle était sympathique, un nez épaté mais un joli sourire avec un air à la fois déluré et timide.

— Il faudrait peut-être que j'aille me remaquiller ? demanda-t-elle.

Vincent la rassura : elle était très bien ainsi ; ce qu'il fallait c'était qu'elle ait l'air naturel.

Elle alla se placer d'elle-même dans le champ lorsque Vincent sortit son caméscope. Elle ne demandait qu'à parler et elle en avait des choses à dire ! D'abord, sur le divorce imposé par son ministre de mari :

— Il paraît que je n'avais pas le look d'une femme de ministre, pas les manières non plus.

Vincent ne put s'empêcher de penser que c'était peut-être un peu vrai…

— Et il voyait loin, poursuivit-elle, l'Hôtel de Lassay ou bien Matignon, pourquoi pas l'Élysée… Alors, il fallait se débarrasser de moi, épouser une femme d'un autre milieu. Ils sont nombreux, les hommes politiques, à faire cela au milieu de leur carrière… Il était débordé de travail, de réunions. Il ne m'emmenait plus aux réceptions. Pendant ce temps là, notre fils devenait de plus en plus nerveux, pâle, renfermé sur lui-même. Je mettais cela sur l'ambiance qui régnait à la maison ; des scènes sans arrêt…

Elle se tut un court instant. Vincent força le son. On entrait dans le vif du sujet.

— J'ai eu mes premiers soupçons quand mon mari s'est mis à partir en week-end, seul avec l'enfant. Il disait qu'il voulait participer à l'éducation de son fils, assumer son rôle de père, des propos qui ne lui ressemblaient pas... Quand il rentrait, mon petit garçon pleurait souvent sans raison. Je l'ai questionné sans rien obtenir. Alors, je l'ai emmené chez une psychologue qui a su le faire parler. C'était horrible !

— Quel âge a votre fils, demanda Vincent ?

— Cinq ans et demi.

Elle sortit un paquet de son sac à main.

— J'ai les copies de deux enregistrements, si vous voulez...

Il était clair qu'elle n'avait pas le courage de répéter elle-même ce qu'elle avait entendu. On fit passer les cassettes. De sa voix enfantine, avec ses mots à lui, le petit garçon racontait l'inavouable... Quand son papa le couchait contre lui, il sentait couler quelque chose de chaud... Parfois, il lui faisait mal... Quand, en réponse aux questions de la psychologue, il donna des détails plus précis, Vincent se sentit soulevé par une vague d'indignation et de dégoût. Christine Backermann, la tête dans les mains, pleurait. Vincent attendit qu'elle se fût calmée.

— Avez-vous d'autres documents ?

Elle s'essuya les yeux, renifla :

— Oui. Les doubles des photos. Mon mari est un narcissique. Il adore se faire filmer, photographier... Il se prend en photo lui-même d'ailleurs, avec son appareil automatique. Avant de quitter le domicile conjugal, j'ai pris mes précautions. J'ai fouillé partout dans ses affaires et j'ai fini par trouver cela.

Elle lui tendait une grande enveloppe. Le premier cliché montrait un homme nu, de dos, enlaçant un enfant dont on ne voyait que les cheveux. Sur le cliché suivant Georges Backermann se tenait de face, tenant serré l'enfant contre lui, à hauteur du sexe. Sur les deux dernières photos, Backermann apparaissait avec son fils dans des postures qui ne laissaient aucun doute sur la nature de leurs relations. Vincent détourna les yeux. Il n'oublierait jamais le visage du petit garçon, ses yeux écarquillés par l'angoisse. Pendant le trajet du retour, Estelle se montra plus causante :

— Alors, vous êtes convaincu ?

— Je l'étais déjà mais je ne m'attendais pas à tant d'ignominie ! Que va devenir l'enfant ?

— Il est en sûreté, loin d'ici. Il va aller à l'école, sous un faux nom. Nous nous arrangeons toujours pour que les enfants soient scolarisés.

— Et sa mère ?

— Elle va le rejoindre. Elle est déjà en route. Mais pour elle, ce sera plus difficile. Il faudra qu'elle se cache longtemps. Elle a reçu des menaces de mort à son adresse parisienne. Nous lui avons trouvé du travail au noir… enfin… au gris. Et vous, qu'est-ce que vous allez faire ?

— Vous aider, dit Vincent.

Estelle cessa un instant de fixer la route pour lui adresser un sourire. Ce n'était pas trop tôt !

XV

Dès qu'il fut de retour à l'hôtel, Vincent appela la rédaction. Denis Durandel était en entretien. Il avait expressément demandé qu'on ne le dérange pas. Vincent finit par obtenir son assistant.

— Dis-lui que c'est urgent ! Qu'il me rappelle tout de suite, pas sur mon portable, sur le fixe, dans ma chambre. Je te donne le numéro.

Trois minutes et il avait Denis au bout du fil :

— Alors ? Raconte.

Vincent s'exécuta et pour terminer :

— Je t'envoie les documents…

— Surtout pas sur le net ! rugit Denis, c'est de la dynamite tout ça !

— Je ne suis pas complètement demeuré… dit Vincent, pas mécontent d'avoir fait éclater le flegme de Denis. J'ai dupliqué la cassette, je t'en ai déjà expédié un double, par la poste, tout bêtement pas en recommandé et je te mets les photos sous enveloppe, en express, à ton nom.

— On va distiller des bribes d'info… pour faire monter la sauce, susurra Denis, en attendant que le montage soit prêt – il avait retrouvé son ton de Raminagrobis – et là, mon petit vieux, on va pulvériser l'audimat ! Et, si tu veux – Denis marqua un temps d'arrêt – tu peux passer à l'antenne toi-même. Après tout, tu as tout fait, c'est ton sujet.

Passer à l'antenne ! Il y avait des gens dans la profession qui se seraient damnés pour cela. D'habitude, c'était Jean-Luc qui passait à l'écran. Normal, puisqu'il était "grand reporter". Quant à Margot, il l'imaginait, malgré ses airs détachés, elle serait toute fière de commenter cela avec les copines ! Mais Vincent avait autre chose en tête.

— Si tu es d'accord, je reste quelques jours ici. Il ne faut pas laisser tomber, c'est un vrai sujet de société, une carence de la justice française…

— OK, dit Denis. C'est toi qui juges.

Vincent raccrocha, satisfait. Les sujets de société, les carences de la justice française, il s'en battait l'œil… Ce qui lui importait c'était de prolonger son séjour à Genève… Peut-être parce qu'il se sentait mauvaise conscience, il appela Margot au bureau. Margot semblait en pleine forme, elle s'était procuré des échantillons de papier peint.

— Du papier peint, pourquoi faire ?

— Mais pour la chambre du bébé ! Il est grand temps qu'on s'en occupe ! À propos, tu rentres bien demain soir ?

— Justement, non, Vincent, poussa un soupir plus vrai que nature, je suis obligé de suivre l'affaire, j'en ai sûrement pour deux ou trois jours – il revit le salon de la rue des Granges, un halo de cheveux blonds dans la lumière – peut-être même pour la semaine…

— Dommage, fit Margot d'un ton déçu. J'avais prévu un petit dîner à la maison avec Jean-Luc et Anne-Marie. À propos de Jean-Luc, il m'a dit que ton contact, la fameuse Charlotte Landier…

— Charlotte Nolac, elle a divorcé.

— Le nom, ça m'est égal. Jean-Luc m'a dit qu'elle était absolument ravissante.

— Ravissante, n'exagérons rien, dit Vincent prudemment. Elle n'est pas mal, c'est vrai. Mais ne t'inquiète pas, elle préfère les femmes.

— Comment le sais-tu ?

— Nous avons déjà eu affaire à elle, il y a quatre ans. Jean-Luc a dû te le dire.

— Oui, fit Margot, mais on ne sait jamais…

On ne sait jamais… La petite phrase lui trottait dans la tête. Il passa à la salle de bains, se planta devant le miroir et s'examina d'un œil critique. « Bien baraqué, c'est vrai mais avec des centimètres de plus, ce serait mieux… Quelques cheveux blancs sur les tempes… Margot dit que cela donne une touche de distinction à mon côté “bel italien”… » Margot qui s'occupait d'aménager la chambre du bébé, avec tant d'enthousiasme… « Je suis un salaud ! » se dit-il.

Il prit sa douche d'avant-dîner. Un peu tôt d'ailleurs, à peine cinq heures. Mais le temps pressait s'il voulait inviter Charlotte à dîner. « Pourquoi n'y ai-je pas pensé hier soir ? » Il avait essayé de la joindre dans l'après-midi, sans succès : « Madame Nolac était en rendez-vous. » Il s'apprêtait à une nouvelle tentative quand le téléphone sonna : la voix de Charlotte !

— Je voudrais vous voir, est-ce que c'est possible, vers six heures ?

Vincent dut se faire violence pour ne pas répondre que c'était possible à six heures, toute la soirée, toute la nuit… toute la semaine… toute la… Il se contenta d'acquiescer un peu trop chaleureusement.

— Bien sûr ! Où ?

— Au Chamberlain… C'est à deux pas de mon bureau – il la sentit hésiter au bout du fil. Vous avez dit à Estelle que vous acceptiez de nous aider… J'ai un petit service à vous demander… Enfin, pas un petit, un gros service.

Dix-sept heures cinquante au Chamberlain, un bar chic, genre club privé. Vincent suivait la marche de l'aiguille des secondes sur son chronomètre.

« Qu'est-ce qui me prend ? Depuis que je suis arrivé à Genève, je suis toujours en avance… »

Elle aussi arriva en avance. Splendide ! Maquillée, coiffée, étincelante dans un manteau de renard clair. Il s'était levé pour l'accueillir, l'aider à ôter son manteau.

— C'est du vrai ?

— Du vrai quoi ?

— Du vrai renard ?

Elle sourit. Ce qu'elle était jolie quand elle souriait !

— Mais non, voyons ! Moi, accepter qu'on tue des animaux pour me faire un manteau ! Je ne porte que de la fausse fourrure.

Il la sentait un peu tendue.

— Nous allons prendre un verre ? proposa Vincent. Et puis, pendant le dîner, vous me direz ce que je peux faire pour vous et…

Elle coupa aussitôt :

— Ce soir, je dîne avec un couple de clients… Impossible de me décommander.

— Demain soir ?

— Demain soir, d'accord.

— Je passerai vous prendre vers sept heures. Et maintenant, ce petit service ?

Elle le regarda dans les yeux, puis se lança. On devait faire face à un imprévu, le lendemain après-midi, une jeune femme en fuite avec ses deux enfants. Elle arriverait dans la voiture de Charlotte.

— Laquelle ?

— L'Opel.

— Celle qui était restée à Carnac ?

— Oui. La femme arrivera à Gland.

— Gland ?

— C'est après Nyon, en allant vers Lausanne. Au parking de la gare. Elle sera prise en charge immédiatement par quelqu'un de notre association.

— Et moi, qu'est-ce que je fais ?

— Vous ramenez ma voiture, l'Opel, au parking du Mont-Blanc et vous déposez le ticket au magasin d'Anatole Salvatori.

Elle lui tendit un papier :

— Voilà l'adresse. C'est entre Plainpalais et le Petit-Lancy, vous connaissez ?

— Je trouverai.

— Anatole est un vieil ami de Jérémie O'Neill. Il nous aide, lui aussi. Je ne dispose que d'un seul garage. Il héberge parfois ma deuxième voiture dans le sien.

Charlotte était pressée. Elle devait passer chercher ses clients à leur hôtel, elle partit très vite, laissant Vincent seul en face de son gin-tonic. Seul et songeur. Sur le coup, il n'avait pas pensé à lui demander pourquoi elle n'allait pas elle-même chercher sa voiture…

« Mais, évidemment, c'est idiot ce que je dis. À cette heure-là, elle est à son bureau. Mais est-ce que c'est une raison suffisante ? Peut-être a-t-elle voulu ne pas me décevoir… puisque j'avais proposé mon aide… »

Après le coup de téléphone de Charlotte, il avait imaginé le service qu'elle lui demanderait comme quelque chose de dangereux qui lui ferait prendre des risques à lui aussi, une action un peu héroïque… Aller chercher une voiture à un parking et l'amener à un autre parking n'avait rien d'exaltant… Mais, puisqu'il avait la chance de pouvoir faire quelque chose pour elle…

Il laissa son gin-tonic à peine entamé et sortit. Il rêvait déjà au dîner du lendemain soir.

XVI

Aller de Genève à Nyon, cela avait été rapide. Mais, pour parvenir à Gland, il fallait attendre un train régional pendant une bonne demi-heure !

— Ce sont les heures creuses, avait dit l'employé.

Planté devant le panneau des horaires, Vincent ne se résignait pas à patienter.

— Je vais faire du stop, ça me rajeunira !

Il se posta avant le feu rouge, là où les voitures ralentissaient. La deuxième fut la bonne : le conducteur allait à Rolle. Gland était sur son chemin. La gare ? Ce n'était qu'un tout petit détour.

À peine arrivé, Vincent inspecta les lieux. La garc était modeste, une gare de banlieue, jugea-t-il. Sur le parking, trois voitures vides. Il jeta un coup d'œil à la salle d'attente où deux écoliers, le regard dans le vague, battaient du pied la mesure au son de leur walkman. Dans un coin, un homme tirait sur sa pipe en lisant son journal. Cela puait le chewing-gum et la fumée. Mais sur le quai désert, il y avait des bancs au soleil. Vincent en choisit un d'où il pouvait surveiller le parking.

L'attente ne fut pas longue. Un bruit de moteur qui s'arrête. Il tendit le cou. La voiture venait d'arriver, une Opel rouge, conduite par une femme ; c'était bien cela. De la salle d'attente aussi, on avait vue sur le parking : l'homme à la pipe venait de se lever. Il alla droit à la voiture.

« Nous étions donc deux à attendre la même voiture… » se dit Vincent.

La femme était descendue. Plus très jeune, mal fagotée, elle avait l'air épuisé. L'homme l'aida à transférer ses bagages, à faire sortir les enfants, un garçonnet et un bébé dans un couffin. Tout le monde embarqua dans une grosse Mercedes immatriculée dans le canton de Neuchâtel. L'homme se mit au volant. Quand il démarra, il fit un léger signe à Vincent, l'air de dire : « vous pouvez y aller. »

Il y alla. Les portières n'étaient pas verrouillées et la clef était sur le tableau de bord. Tout se déroulait comme prévu, la machine était bien huilée. Au moment de s'installer au volant, Vincent se ravisa : ça ne sentait pas très bon là-dedans. Il ouvrit tout grand pour rafraîchir l'atmosphère. À l'avant, la portière passager résistait. Vincent insista, la tira d'un geste brusque, la reçut dans les tibias avec une espèce de bruit métallique.

« Et on dit que les voitures allemandes sont costaudes ! Elle a l'air un peu déglinguée cette portière… »

Il ne restait plus qu'à ramener la voiture à bon port. Puisqu'il avait tout son temps, pourquoi ne pas rentrer par la route suisse ?

« C'est plus pittoresque que l'autoroute. »

Il s'arrêta à Coppet pour acheter des journaux français, les parcourut à la hâte sans trouver quoi que ce fût sur l'affaire Backermann. Il ouvrit la portière passager pour reposer ses lunettes sur le tableau de bord. Depuis peu, dès que la lumière baissait, il avait besoin de lunettes pour conduire ; c'est cela, la jeunesse ! Il claqua la portière énergiquement, trop sans doute…

« Curieux, ce petit bruit de ferraille… »

Vincent reprit le volant mais ce détail – anodin probablement – le tracassait. Il pensa aux menaces dont lui avait parlé Estelle. Cette fois, la fugitive avait l'air d'une femme quelconque qui n'avait pas la notoriété d'une Christine Backermann. Tout de même, ces transferts n'étaient pas sans danger… Et si ce bruit dans la portière venait d'un système de mise à feu ? Un réveil ?

« Je suis ridicule, se dit-il. Voilà mes rêves d'héroïsme qui me reprennent, je suis ridiculement romantique ! »

Romantique mais pas téméraire. À la première station-service, il s'arrêta, se gara à l'écart, ouvrit, ferma : aucun doute, quelque chose brinquebalait à l'intérieur de la portière. D'ailleurs, elle sortait légèrement de ses gonds.

« Cela peut être dangereux, il faudra que je prévienne Charlotte. »

Il ouvrit le coffre, trouva une boîte à outils, dans laquelle il y avait ce qu'il cherchait, un tournevis qui s'avéra inutile. Il suffisait de défaire le clip de la contre-porte. Vincent écarta la garniture de tissu la posa sur le sol. Il ne s'était pas trompé : contre la tôle extérieure, retenue à celle-ci par des bandes de ce qui semblait être du sparadrap, une boîte métallique, décorée de dessins aux couleurs vives, semblable à ces étuis dans lesquels sont emballés certains biscuits. Une des bandelettes était décollée ce qui faisait que la boîte heurtait la tôle au moindre choc dans la portière. Vincent la dégagea, la secoua ; cela sonnait comme une tirelire d'enfant, pleine de monnaie.

« Qu'est-ce qu'il peut bien y avoir là-dedans ? »

Il ôta le couvercle et, d'un coup, vida la boîte au-dessus du siège : un flot de pièces d'or se déversa devant ses yeux ébahis.

XVII

Vincent conduisait machinalement. La première surprise passée, il avait repris le volant, renonçant à appeler Charlotte pour s'entendre dire que « madame Nolac était en rendez-vous ». Il la mettrait au courant quand il irait la chercher pour dîner. Mais, dans sa tête, les questions se pressaient.

« Qui a caché cela dans la voiture ? À qui cela appartient-il ? »

Il pensa à la fugitive à peine entrevue à la gare de Gland. Elle aurait emporté un trésor de guerre avant de s'enfuir… Peu probable. On fouille régulièrement des voitures à la frontière, au hasard, et ces femmes ont tout intérêt à passer inaperçues. Impossible aussi qu'elle ait changé de voiture en oubliant sa précieuse cargaison…

Mais, au fait, était-ce vraiment un trésor ? Et s'il se trompait ? Sous le coup de la surprise, il avait à peine regardé le contenu de la boîte.

« C'est peut-être du toc… »

Il était tout près de Genève. Difficile de trouver un endroit où s'arrêter. Il ralentit, vit un écriteau qui signalait le « Creux de Genthod » : Un chemin, sur la gauche, descendait vers une petite plage au bord du lac. Il n'y avait personne en vue : on ne le dérangerait pas. Vincent commença par examiner les petits disques dorés. Il en gratta un, légèrement, de l'ongle. Cela semblait bien être de l'or et il n'était pas nécessaire d'être grand clerc en la matière pour voir qu'il s'agissait de monnaies très anciennes.

« On dirait des statères… Des pièces grecques ? Romaines ? »

Les contours étaient irréguliers, parfois brisés. De l'une des poches de son blouson, il tira une petite loupe qu'il emportait partout, une manie dont on le plaisantait souvent, et il examina les décors, certaines pièces étaient usées ou noirâtres si bien qu'on ne distinguait pas grand-chose mais d'autres étaient brillantes, frappées de dessins géométriques, d'animaux plus ou moins reconnaissables. Il remit le tout dans la boîte à biscuits et se mit à explorer méthodiquement la voiture, chaque recoin et, pour finir, la boîte à gants.

« C'est par là que j'aurais dû commencer ! »

La boîte à gants contenait un téléphone portable non verrouillé, allumé. Sur l'écran : le nom de l'opérateur.

« Le même que le mien… avec un peu de chance… si j'essayais… »

Il composa le 123, colla l'appareil à son oreille. Une voix synthétique annonça : « Vous avez un nouveau message. » Deux secondes d'attente et le message lui parvint : « Le paquet, c'est prêt ; pas eu le temps de tout nettoyer ; pour la livraison, la Belle de

Carnac, comme d'habitude. » De nouveau, la voix synthétique : « Tapez 2 pour réécouter, 3 pour archiver, 4 pour effacer… » Archivé…

Vincent resta quelques secondes abasourdi. Cette voix d'homme, teintée d'un léger accent… un accent breton. Il rassemblait ses esprits. “La livraison”… Quelle livraison ? Et “la Belle de Carnac”, où avait-il entendu cela ? Il revit le bar de l'hôtel, le petit rouquin qui sirotait son verre : « Madame Nolac… Vous savez comment on l'appelle ici ? “La Belle de Carnac”… »

« Charlotte ! Non pas ça ! Pas Charlotte ! »

Quelque chose en lui refusait l'évidence mais les pièces du puzzle se mettaient en place.

« Comme d'habitude », donc un trafic régulier. Les pièces sont chargées là-bas. Par qui ? Quant à ces malheureuses en fuite, elles transportent la marchandise, à leur insu probablement… elles servent de “mulets” et quelqu'un réceptionne. L'ami de Jérémie O'Neill, celui qui a un nom italien ? Charlotte prête sa voiture, elle ne la conduit pas elle-même, elle ne prend pas le moindre risque… Et moi, comme un con !

XVIII

Vincent reprit le volant, la rage au cœur. L'entrée de Genève n'était plus qu'à cinq minutes. Cinq minutes… c'était compter sans les célèbres embouteillages des quais ! Il était près de six heures lorsqu'il arriva dans le quartier du Petit-Lancy. « Et maintenant, sus à la boutique de ce Salvatori ! On va voir de quoi il a l'air ! » La circulation était plus fluide mais il tourna un bon moment avant de trouver une place. Vincent était rompu à la technique qui consiste à repérer un endroit sans se faire remarquer. Il avait longé le trottoir d'un pas vif, dépassé la boutique, presque une échoppe, traversé la rue pour revenir sur ses pas. On ne distinguait personne à l'intérieur de la boutique. Se détachant en lettres claires sur le verre fumé de la vitrine, on pouvait lire : « *Anatole Salvatori, expert en numismatique*. » Évidemment ! C'était d'une logique lumineuse ! L'ami de Jérémie O'Neill était numismate ! « Et voilà l'autre bout de la filière ! » Il allait partir lorsqu'il vit quelqu'un apparaître sur le seuil de la boutique. Un tram arrivait dans un grincement assourdissant, lorsque le tram se fut éloigné, Vincent constata qu'on avait baissé le rideau de la vitrine. Un homme s'éloignait, Vincent eut à peine le temps de le photographier du regard : brun, petit mince, jeune d'allure. Salvatori ? Probablement. Il mit plus d'une demi-heure pour rejoindre le centre, une demi-heure qui lui parut une éternité. Il brûlait de confondre Charlotte Nolac, de lui balancer en face ce qu'il pensait d'elle.

— La garce !

Au parking, arrêt au premier niveau, pour gagner du temps, il laissa la voiture dans une des places “réservées aux femmes”. Un sac en plastique, sale, traînait sur la banquette arrière. Il y fourra rageusement la boîte et le téléphone portable. Il rangea le ticket de parking dans son portefeuille et prit le chemin de la rue des Granges. Il monta le Perron, dépassa les canons de l'Arsenal, au pas de charge. Des bouffées de colère le submergeaient. Par deux fois, il croisa des passants qui jetèrent des regards étonnés sur cet énergumène qui marchait en parlant tout seul, à voix haute. Il arriva devant l'immeuble, sonna. Un déclic et la porte s'ouvrit. Il monta l'escalier quatre à quatre. Charlotte l'attendait devant la porte ouverte.

— Alors, tout s'est bien passé ?

— Très bien. Trop bien.

Il entra et claqua la porte d'un coup de pied.

— J'ai même trouvé ce que je ne devais pas trouver !

Charlotte ouvrit de grands yeux.

— Qu'est-ce qui vous arrive ? Qu'est-ce que vous avez trouvé ?

— Ça ! hurla-t-il.

Il sortit la boîte à biscuits, en lança le contenu, droit devant lui. Il vit Charlotte regarder les pièces se répandre un peu partout sur la moquette, sous les meubles.

— Qu'est-ce que c'est que cela ? dit-elle.

— Vous ne savez pas ce que c'est ?

Il s'entendait hurler, comme dans un cauchemar :

— Et ça ? il brandit le portable. “La belle de Carnac”, vous ne voyez pas qui c'est ?

Charlotte le considérait froidement, une moue hautaine sur les lèvres.

— Je vous conseille de vous reprendre. Expliquez-vous.

Il s'était promis de rester maître de lui, maître de la situation mais, devant ce calme, ce cynisme, il perdit tout contrôle. Il était hors d'haleine, hors de lui-même.

— Vous vous êtes bien foutu de moi, hein ! Vous m'avez bien fait marcher ! La grande scène des sentiments, l'enfance maltraitée… La cause humanitaire… La chaîne de solidarité… Les grands airs et les petits trafics ! Ça doit vous rapporter gros à vous et à vos complices, hein ? Dites-le, que ce qui vous intéresse, c'est le fric ! Avouez !

Elle se tenait devant lui, immobile, muette. Il vit son visage blêmir, se faner, se décomposer. Il l'avait atteinte ! Une bête hurlante se déchaînait en lui. Faire pleurer cette femme ! La blesser au cœur ! Mais est-ce qu'elle avait un cœur ?

— Salope ! hurla-t-il.

Elle se raidit, ses lèvres se pincèrent et de grands cernes noirâtres se creusèrent sous ses yeux. Elle devenait laide ! Enfin ! Il s'avança, il crut qu'il allait la frapper. Elle ne bougeait pas. Il se recula. Brusquement, la tête lui tourna. Un grand trou s'était fait en lui. Il y eut un long silence.

Calmé, vidé, il trouva enfin le courage de parler :

— Vous saviez, n'est-ce pas ?

Elle se taisait, secouée de sanglots secs. Pas une larme. Des sortes de spasmes qui la faisaient trembler des pieds à la tête.

— Vous saviez, répéta-t-il. Depuis le début ?

Elle fit non, de la tête.

— Pas depuis le début, sa voix était à peine audible. Racontez-moi, souffla-t-elle.

Il raconta. Elle écoutait sans mot dire, encore toute pâle, pathétique. Vincent se sentait comme vidé de sa colère. Il ne ressentait plus qu'une immense envie de la protéger. Comme dans un film au ralenti, il alla vers elle, la prit par les épaules.

— Maintenant, il faut tout me dire, dit-il tout bas, qu'est-ce que vous savez ?

— Si je vous dis la vérité, vous me croirez ?

— Je vous croirai.

Cela tenait en peu de mots. Au début des impressions. Quand elle avait confié à Jérémie O'Neill ses activités dans l'association pour les femmes en détresse, il avait tout de suite proposé son aide. Grâce à lui, il y avait toujours quelqu'un pour mener une voiture là où il le fallait… Parfois, il devançait les demandes. Il arrivait qu'il lui dise : « Tu n'as personne à faire passer, en ce moment ? Si tu as besoin de quelque chose, dis-le moi. On peut très bien s'arranger, tu sais. »

— Tout était simple, trop simple. Cela m'étonnait.

— Comment vous êtes-vous rencontrés, demanda Vincent ?

— Au club de voile. Nous n'étions pas de la même force mais nous avons sympathisé.

— Continuez, dit Vincent.

Les soupçons étaient venus quand Charlotte s'était rendu compte que Jérémie participait à des fouilles illicites.

— Je crois même qu'il en organise. Vous comprenez, il est littéralement passionné d'archéologie et d'anthropologie. Un jour, il m'a montré des objets très rares qu'il ne pouvait pas exposer dans ses vitrines, m'a-t-il dit…

— Quel genre d'objets ?

— Des poteries, de petits outils, des silex gravés…

— Il vous a déjà parlé de monnaies anciennes ?

— Non jamais.

— La cache dans la voiture… vous étiez au courant ?

C'était la question cruciale, celle qui la mettait en cause, personnellement.

— Non !

La réponse fusa. Elle le regardait droit dans les yeux.

— Je ne savais pas. Croyez-vous que j'aurais accepté de faire prendre un risque pareil à ces femmes que nous essayons de sauver ? D'ailleurs, moi, sans le savoir je prenais aussi des risques. Supposons qu'un douanier, un policier ait découvert le pot-aux-roses, j'aurais été inquiétée, c'était ma voiture après tout.

Très juste. Vincent sentit quelque chose se dénouer en lui, du côté du plexus. Mais il y avait le message. Il le lui fit écouter.

— Cette voix, vous la connaissez ?

— Bien sûr, c'est celle de Quentin Le Trez.

— Et “la belle de Carnac”, vous savez que c'est ainsi qu'on vous nomme parfois ?

Un peu de rose revint à ses joues.

— On me l'a dit.

— Comment expliquez-vous ?

— Je ne me l'explique pas... Peut-être, tout simplement, un mot de passe...

Ce n'était pas invraisemblable. Vincent respirait mieux.

— Et ce Salvatori à qui je devais remettre le ticket de parking, il ne s'est pas manifesté ?

— Il a appelé deux fois pour savoir ce qui se passait.

— Qu'allez-vous lui dire ?

Elle avait recouvré son souffle, elle se laissa tomber dans un fauteuil.

— Je ne sais pas, je vais inventer quelque chose... que vous avez eu un accrochage...

— Quel genre d'homme est-il, demanda Vincent ?

— Salvatori ? Je le connais depuis peu. Il s'est montré serviable, lui aussi. Mais…

— Mais ?

— Je me suis parfois demandé si, en sous-main, il ne se livrait pas à un commerce parallèle, des objets de provenance douteuse…

Peu à peu, la filière prenait forme et, dans l'esprit de Vincent, les questions se bousculaient en vrac.

— Cette femme qui est arrivée à la gare de Gland, elle venait de Carnac ?

— Non, de Normandie. Il était entendu qu'elle se débrouillait pour faire une partie du trajet en train. On lui a amené ma voiture à la gare du Mans.

— Qui ?

— Quentin Le Trez.

— C'est le neveu de Jérémie O'Neill, n'est-ce pas ?

— Oui…

Il y avait eu une légère hésitation dans la réponse mais Vincent l'ignora. Il reprenait contact avec lui-même. Il se tourna vers elle et lui dit doucement :

— Qu'est-ce que nous allons faire, maintenant ? Charlotte, qu'est-ce qui nous est arrivé ?

XIX

— C'est un statère gaulois.

— Gaulois, vous êtes sûr ? fit Vincent.

— Absolument sûr, affirma le marchand.

— Je pensais que c'était une pièce plus ancienne, romaine, peut-être même grecque, je suis déçu.

— Vous avez tort, reprit le marchand. On assiste à un engouement extraordinaire pour les monnaies celtes. Les collectionneurs se les arrachent, cela fait que les prix flambent. Pour la provenance de celle-ci… je pencherais pour l'Armorique mais… Vous avez un moment ?

— Bien sûr, dit Vincent.

Le marchand lui désigna une chaise avant de s'éclipser dans l'arrière-boutique. Vincent regarda autour de lui : mise à part l'étroite devanture qui donnait sur la rue, les murs étaient garnis, de haut en bas, de vitrines où étaient exposées des monnaies de toutes sortes, des médailles neuves ou antiques, des dizaines de pièces de toutes tailles.

« Je suis bien tombé, pensa-t-il. Ce type-là a l'air de connaître son affaire. »

D'après l'annuaire, toutes les boutiques de numismatique se situaient entre Plainpalais et le Petit-Lancy.

Il avait erré dans le quartier, en attendant l'heure d'ouverture des magasins et en avait choisi un au hasard. L'essentiel était qu'il fût assez éloigné de celui de Salvatori…

Le marchand revint, portant, deux gros volumes qu'il étala sur le comptoir.

— Ce sont des catalogues d'exposition, dit-il.

Il se mit à les feuilleter d'un air gourmand. De temps en temps, il tendait le livre en direction de Vincent.

— Regardez-moi cela, si c'est beau ! Celui-là est en or, c'est un statère des Calètes !

— Les Calètes ?

— Les Calètes vivaient en France, en Normandie, dans le pays de Caux. Ils ont frappé de très belles monnaies. Leurs voisins aussi, les Aulerques, c'était une tribu qui vivait dans la région d'Evreux. Mais les pièces les plus intéressantes, de l'avis des spécialistes, viennent d'Armorique ; et la vôtre… À vue d'œil, je la note « ttb ».

La mine de Vincent dut laisser paraître son incompréhension car il prit la peine de traduire :

— Dans la profession, nous avons une échelle d'estimation « b » pour « beau », « tb » pour « très beau », « ttb » pour « très très beau ».

— C'est donc ce qu'il y a de mieux ? dit Vincent.

— Non. dit le marchand. Mais c'est déjà un spécimen de valeur. Je peux vous faire une estimation, si vous voulez. J'ai des amateurs pour des pièces de cette qualité.

— Non, merci, dit Vincent. Je ne suis pas vendeur.

— Vous avez raison, dit le marchand. Cela ne fera que prendre de la valeur.

Il avait sorti une loupe, examina, soupesa, caressa et rendit la pièce à Vincent.

— Pour la vôtre, je pencherais pour une pièce frappée chez les Vénètes. C'est la région de Vannes, précisa-t-il, en Bretagne-Sud. Vous voyez où c'est ?

Vincent voyait. Et très bien même. Il remercia poliment avant de prendre congé.

De retour dans sa chambre d'hôtel, il rangea ses affaires. La profession de reporter vous apprend à voyager avec le strict minimum. Le sac fut rempli en un tour de main. Tout au fond, il y avait un petit paquet contenant les pièces, quatorze pièces. La veille au soir, il les avait soigneusement comptées en présence de Charlotte.

— Qu'allez-vous en faire ? avait-elle demandé.

Pour l'instant, Vincent n'en avait aucune idée

— Elles me serviront à confondre Jérémie, avait-il répondu. Ou, tout au moins, à en obtenir une explication.

Il songeait aussi à les envoyer anonymement à un musée.

— Pourvu qu'on ne fouille pas mes bagages à la douane ! se dit-il en bouclant son sac.

En attendant qu'on lui prépare sa note, il brancha le téléviseur. C'était l'heure des journaux de la mi-journée. Sur la Suisse Romande, pas un mot sur l'affaire Backermann. Normal. Encore que la Suisse eût été citée parmi les possibles pays d'accueil de la fugitive. À treize heures, il passa aux chaînes françaises. On signalait que Christine Backermann était toujours en fuite, qu'elle était sous le coup d'un mandat d'arrêt international. Son avocat…

« Tiens, elle a pris un avocat. Elle ne m'en a pas parlé. »

…Son avocat affirmait qu'elle était « en possession de documents prouvant les relations contre-nature que son mari avait établies avec son fils ». Selon lui, l'affaire ne faisait que commencer… Puis, comme s'il n'y avait aucun lien avec ce qui précédait, on faisait état de rumeurs persistantes concernant un prochain remaniement ministériel…

Vincent sourit. Il reconnaissait la patte de Denis Durandel. Les petites insinuations qui aiguisent la curiosité, qu'on préciserait, les jours suivants, à doses homéopathiques avant de frapper le grand coup du reportage “en situation”. On réglerait les détails à la conférence de rédaction, prévue pour le soir même.

— Ne rate pas l'édition, avait susurré Denis, ça va saigner !

Charlotte, lorsqu'il lui avait annoncé son départ, deux heures auparavant, avait manifesté son étonnement :

— Carnac ? Pourquoi ? Votre sujet, c'est l'affaire Backermann…

— J'ai failli me faire piéger en servant, moi aussi, de mulet… Je n'aime pas qu'on me prenne pour un imbécile… Et j'ai envie d'en savoir plus sur ce trafic. Vous savez, nous les journalistes d'investigation, nous sommes curieux de nature…

Charlotte, au bout du fil, avait semblé contrariée, ce qui avait laissé Vincent perplexe… À présent qu'il n'était plus, comme la veille au soir, soumis au magnétisme de ses grands yeux aux reflets d'aigue-marine, Vincent était taraudé par le doute :

« Et si elle ne m'avait pas dit la vérité, du moins toute la vérité… »

Il chassa cette pensée. La liaison Genève-Auray ne fonctionnait que de nuit, cela lui fournissait l'occasion d'un crochet par Paris, le temps de passer à la rédaction et de dîner avec Margot. Elle lui avait laissé deux messages avec une liste de prénoms pour le bébé…

« Je vais lui faire la surprise… je l'appellerai du train. »

Il boucla son sac et sonna la réception pour demander qu'on lui appelle un taxi.

XX

Vincent écarta les rideaux, ouvrit tout grand la baie et sortit sur l'étroit balcon : Carnac… la nuit… la mer… À la clarté de la lune, on devinait vaguement les contours de la côte et, sur la gauche, les lumières de La Trinité. Une chambre d'hôtel… une de plus. Il avait dîné, seul, plutôt bien, après avoir regardé, au JT de vingt heures, Georges Backermann faire une déclaration qui se voulait touchante sur "le complot politique" dont il était l'objet.

À présent, Vincent se préparait à se coucher en compagnie d'un polar acheté, le matin, à la gare Montparnasse, avant de quitter Paris. Pas folichon…

— Alors que je pourrais être à la maison, dans un des nouveaux fauteuils du salon, en train de regarder la télévision tandis que Margot feuillette les catalogues de mobilier pour enfants… Qu'est-ce que je fous ici, au juste ?

Mais il n'avait nulle envie de s'interroger sur ses véritables motivations. Officiellement, il prolongeait l'interview de Christine Backermann par un reportage sur les mères fugitives, victimes des carences de la justice française. Margot avait fait la moue.

— Ce n'est pas un sujet très porteur.

Mais Vincent avait des arguments tout prêts : la mise à jour d'un véritable réseau, très organisé, pour une fois au service d'une belle cause… le dévouement des bénévoles… D'ailleurs, il n'avait eu aucune peine à convaincre Denis Durandel, enchanté de ses prouesses dans l'affaire Backermann.

« Tu as carte blanche… », avait-il dit.

Par la baie largement ouverte, la brise de mer arrivait par grandes bouffées tièdes chargées d'humidité

« Beaucoup trop tôt pour se coucher. Je vais aller faire un tour. »

Dehors, Vincent fut surpris par l'obscurité. La lune disparaissait derrière le moutonnement de nuages de plus en plus denses. Tournant le dos au front de mer, il s'enfonça vers l'intérieur. Il faisait bon marcher dans la douceur de la nuit. Il avançait, seul, dans une avenue déserte où le bruit de ses pas troublait à peine le murmure assourdi du ressac. Il marchait depuis un moment lorsque, tout d'un coup, il sut où il se trouvait. Sans l'avoir voulu – ou bien, peut-être, l'avait-il voulu ? – il était à quelques mètres de la villa de Jérémie O'Neill, reconnaissable à la tourelle qui se dressait, fantomatique, dans le brouillard naissant.

Vincent ralentit son allure pour mieux observer. Tout comme les autres maisons, comme l'avenue tout entière, la villa de Jérémie O'Neill était plongée dans le noir. Aucune lumière ne filtrait par les persiennes ouvertes sur des fenêtres obscures. Au passage, il lui sembla que la porte du garage était rabattue sur le mur du pignon.

Les questions qui lui trottaient dans la tête lui revinrent, plus pressantes que jamais. Était-il tombé par hasard, comme il l'avait affirmé péremptoirement à Paris et sans preuve aucune, sur un réseau organisé ? « Comme d'habitude » disait la voix de Quentin Le Trez dans le message intercepté. Quelle habitude ? Vincent se remémora le passage de Christine Backermann. Avait-elle, elle aussi, servi de "mulet" ? Elle avait voyagé dans la 307, prêtée par Jérémie O'Neill. Est-ce que, dans cette voiture-là aussi, on transportait clandestinement des objets anciens ? Dans ce cas, on avait nécessairement aménagé une cache… Dans une contre-porte ? Il n'avait pas cessé de se poser la question, et voilà que l'occasion s'offrait de vérifier. Vérifier… C'était vite dit. La maison, à l'évidence, était vide. Encore fallait-il que la voiture fût dans le garage.

Il revint sur ses pas, se prépara à escalader. Ce fut inutile. Le portillon n'était pas fermé à clef. Un léger tour sur la poignée et Vincent se trouva dans le jardin qui séparait la villa de l'avenue. Se repérer ne présentait aucune difficulté : le garage, il s'en souvenait, était à droite. Le gravier du jardin crissait sous ses semelles. Il s'arrêta, inquiet, scruta l'obscurité. Mais rien ne bougeait à l'intérieur. Il ne s'était pas trompé : la porte du garage était ouverte. Bref éclair de la lampe : la 307 était là. Vincent s'approcha, manœuvra une poignée : la voiture n'était même pas verrouillée.

« La chance est avec moi », se dit-il.

Ses yeux s'étaient accoutumés à l'obscurité, d'autant que le croissant de lune brillait de nouveau dans un coin de ciel clair. Il éteignit sa lampe.

« On n'est jamais trop prudent. »

Il ouvrit une des portières avant et commença de sonder la contre-porte.

— Haut les mains ! Vite !

La voix avait jailli du fond du garage. L'instant d'après, Vincent fut aveuglé par la lumière d'un projecteur. Il entendit sa lampe tomber sur le sol. Il était sans armes, il leva les mains.

— Reculez. Tournez-vous face au mur, mains en l'air. Contre le mur, les mains !

Il obéit.

Un instant de silence. Des pas. Trois. La lumière du projecteur se déplaça. Vincent en sentait la chaleur sur la nuque. L'homme s'était rapproché. Imprudent, cela. Qu'il fasse encore quelques pas et… ce serait le moment de se retourner d'un seul coup, de lui sauter à la gorge. Vincent banda ses muscles, prêt à bondir. À ce moment, un grand éclat de rire résonna dans son dos. Vincent se retourna. À trois pas de lui, Jérémie O'Neill, le regardait, un sourire goguenard sur les lèvres et un revolver à la main :

— Je vous attendais, cher Monsieur. J'étais sûr que vous me feriez l'honneur d'une petite visite. Mais il fait froid ici. Montez.

Vincent esquissa un geste.

— Non ! Laissez votre lampe par terre. Passez derrière la voiture. Restez tranquille si vous voulez qu'il ne vous arrive rien. Je vous éclaire et je vous suis.

Le faisceau du projecteur indiquait le chemin. Par trois marches, au fond du garage, on arrivait au vestibule et, de là, au grand salon encombré que Vincent connaissait déjà.

Avec autant d'aisance que s'il accueillait un invité ordinaire, Jérémie O'Neill jouait les maîtres de maison. Sans lâcher son arme, il éteignit le projecteur, alluma des lampadaires, désigna un fauteuil.

— Asseyez-vous, je vous en prie.

Vincent s'exécuta, sans cesser de surveiller l'axe du revolver, toujours braqué sur lui. Jérémie O'Neill prit place dans le fauteuil en face. Du pied, chaussé d'un mocassin étincelant, il rapprocha périlleusement une table basse où étaient disposés deux verres et une carafe.

— Porto ?

Vincent n'aimait pas le porto, mais il guettait le moment où le canon du revolver cesserait de se maintenir à l'horizontale.

— Volontiers, dit-il.

Il resta bouche bée lorsqu'il vit son interlocuteur poser négligemment son arme sur la table afin de remplir les verres. Jérémie O'Neill avait suivi son regard.

— Inutile de tenter un coup tordu pour vous en emparer ! Il n'est pas chargé. Regardez !

Il ouvrit le barillet, vide.

— Je me suis fait avoir comme un enfant, souffla Vincent.

— Je ne vous le fais pas dire ! Et maintenant, causons. Alors, cher Monsieur, vous avez découvert nos petits secrets ?

Jérémie O'Neill se carra dans son fauteuil, les jambes croisées haut, avec ce drôle de sourire sympathique et gouailleur qui lui tordait la bouche. Vincent n'était qu'à moitié rassuré, il passa à l'attaque :

— Petits secrets... et gros trafic qui peut vous attirer de gros ennuis...

— Et vous allez faire en sorte de m'attirer de gros ennuis, c'est cela ?

Malgré l'impertinence du regard, du sourire, on percevait de l'inquiétude dans la voix.

Vincent profita de son avantage en éludant la réponse.

— Dites-moi comment vous avez appris...

— Mais par notre amie commune... dit Jérémie O'Neill. Notre belle amie ne pouvait faire autrement que de me mettre au courant et de m'accabler de reproches, mérités, je dois le dire.

Vincent le fixait, essayant de deviner ce que cachait cet aplomb. Charlotte avait-elle vraiment éclaté en reproches ? Était-elle vraiment aussi innocente qu'elle l'avait dit ? Toujours la même question... Il repartit à l'attaque :

— Et comment pouviez-vous savoir que je viendrais ce soir ? Je ne le savais pas moi-même...

— Je n'avais pas oublié le nom de l'hôtel où vous étiez descendu...

— Comment ?

— Mais vous l'aviez dit à Charlotte Nolac pour que je puisse vous fixer notre rendez-vous, notre premier rendez-vous. Il y a un quart d'heure, j'ai demandé à parler à monsieur Vincent Hermelin. On m'a dit que vous veniez de sortir. À partir de là, il n'était pas difficile de deviner ce que vous alliez tenter de faire.

Jérémie O'Neill avait l'air de s'amuser beaucoup. Il but une gorgée de porto et insista avec une affabilité qui sonnait juste :

— Vous ne buvez pas ? Je vous jure que personne n'a mis de poison dans votre verre…

Soudainement, il devint sérieux.

— Alors, dites-moi, qu'allez-vous faire ? À quoi faut-il que je me prépare ?

« À moi de jouer », pensa Vincent :

— Mon devoir est d'aller faire part de ma découverte…

— À la police, soupira Jérémie O'Neill. Il grimaça un sourire.

— Grosse amende en perspective ! Et le reste…, dit Vincent, qui avait encore la scène du garage en travers de la gorge. Votre réputation va en prendre un coup… L'architecte de talent, spécialiste réputé des civilisations anciennes ! Je me suis renseigné. Vous êtes expert auprès des monuments historiques, à ce qu'on m'a dit ? Vous voyez le scandale ?

Jérémie O'Neill soupira de plus belle, comiquement :

— Alors, carrière brisée et prison peut-être… Oui prison, sûrement…

Diable de personnage ! Il avait l'air d'un acteur en train de jouer une pièce de boulevard tout en snobant le spectateur.

Vincent laissa planer un silence, bien résolu à exploiter son avantage.

— Il se trouve, dit-il, que je suis journaliste, que je suis curieux par nature et par profession, que ce que j'ai découvert peut être l'amorce, je dis bien l'amorce, d'un bon sujet. Bref, je remets ma décision à quelques jours. À condition…

— Ah, il y a une condition…

— Bien sûr, dit Vincent. C'est simple, je veux tout savoir du début jusqu'à la fin de la filière, c'est-à-dire comment vous vous appropriez ces monnaies jusqu'à la façon dont on les écoule. Tout, vous m'entendez ? D'où viennent-elles ces pièces ? De cambriolages ?

Jérémie O'Neill éclata de rire, un vrai rire de franche gaieté.

— Des cambriolages ! Vous me voyez en train de cambrioler !

— Vous non, mais, il existe des hommes de main, des receleurs. Vous pourriez…

— Ces statères proviennent de fouilles, dit Jérémie. De fouilles… disons… personnelles.

— Je vois, fit Vincent. Où, les fouilles ?

Jérémie O'Neill se tut pendant un moment. Un sourire, plus insolent que jamais, se jouait sur ses lèvres.

— Vous avez quelques connaissances sur la Gaule pré-romaine ?

— Pas du tout, avoua Vincent.

— Il y a eu, dit-il, dans la région des cultes druidiques très particuliers, dont on commence à peine à deviner l'importance. Et quand je dis "on"... quelques rares spécialistes...

— Dont vous êtes, dit Vincent.

— Si vous voulez, admit Jérémie. Ces cultes druidiques, et c'est là le côté passionnant, ont réinvesti les sites mégalithiques de Carnac et des environs immédiats. Comme si les Gaulois d'Armorique avaient renoué avec des pratiques cultuelles oubliées depuis longtemps. On ne peut les connaître, les comprendre que si on travaille sur des objets... Et fouiller par ici... – il leva les yeux au ciel – obtenir une autorisation, c'est le parcours du combattant...

— Alors, dit Vincent, vous vous êtes passé d'autorisation. Donc, les pièces viennent d'ici, d'où exactement ?

En face de lui, Jérémie prit la mine faussement contrite d'un gamin obligé d'avouer son méfait. Vincent commençait à le trouver drôle et même carrément sympathique.

— Des alignements du Ménec.

Vincent eut un sifflement d'étonnement.

— Rien que cela ! Le plus beau des alignements de Carnac.

— Le plus célèbre en tout cas... Des photos aériennes ont montré que, au pied de certains menhirs dont la disposition pourrait rappeler celle de Stonehenge – mais, dans les sphères officielles, on a complètement négligé ces détails – on a creusé autour des menhirs, à une époque très postérieure au néolithique. Et là, parmi d'autres vestiges de cultes druidiques, on trouve des bijoux, des statères…

— Il va falloir que vous m'y emmeniez, que vous me montriez…

Jérémie se récria aussitôt :

— Vous n'y pensez pas !

— Si ! J'y pense, justement !

— Je suppose, dit Jérémie, avec un nouveau soupir, que je n'ai pas le choix.

— Non, dit Vincent, vous n'avez pas le choix, mais rassurez-vous, dans le métier, on ne trahit jamais ses sources.

XXI

— Des cultes druidiques sur les alignements de Carnac, Tu crois cela, toi ?

La voix de Jean-Luc était dubitative et même incrédule. Et cette incrédulité, Vincent n'était pas loin de la partager. La veille au soir, encore sous le coup de l'émotion de la scène du garage et – pourquoi ne pas se l'avouer ? – impressionné par le bagout de son interlocuteur, les propos de Jérémie lui avaient paru convaincants. À présent, dans la lumière matinale, ses idées devenaient plus claires et les hypothèses de Jérémie bien hasardeuses.

— Si j'ai bonne mémoire, ajouta Jean-Luc, les alignements datent du néolithique, c'est-à-dire...

— Entre quatre mille cinq cents ans et deux mille avant Jésus-Christ, coupa Vincent, qui venait de potasser à nouveau la civilisation celte.

— Entre cela et les tribus gauloises du Ier siècle avant Jésus-Christ, il y a une marge ! On dirait de l'histoire revue par une bande dessinée ! Tu es sûr, insista Jean-Luc que cette affaire de monnaies est un bon sujet ?

La vision de Charlotte apparut en filigrane sur les pièces aux reflets dorés...

— Certain, dit Vincent.

À l'autre bout du fil, Jean-Luc laissa échapper un soupir résigné :

— Bon, pour les suppléments d'informations, comme tu dis, je vais voir ce que je peux faire. Dans le carnet d'adresses d'Anne-Marie, je crois qu'il y a un directeur ou un président d'une académie des Études Celtes ; ça t'irait ?

— Ça m'irait très bien.

Anne-Marie était attachée de presse à *Midi-Minuit*. Son carnet d'adresses, aussi fourni que le *who's who*, s'était, plus d'une fois avéré une aide précieuse pour son mari et pour Vincent. Une heure plus tard, Vincent avait en ligne un certain Ribol, prénom inaudible, qui accueillit sa requête avec courtoisie.

— Oh, une aide modeste, dit Ribol. Notre académie, c'est un grand mot, en réalité une association récente, n'a pas encore de vrais moyens d'investigation. Mais si je puis vous aider…

Des cérémonies druidiques sur les sites mégalithiques ? C'était possible, mais aucun élément scientifique, aucune découverte n'était jamais venue, à sa connaissance, étayer une hypothèse de cette sorte. Des monnaies gauloises ? Certes, on en avait trouvé dans la région, et d'autres objets, de provenance celte ou romaine, des armes, des poteries, des bijoux…

— Mais, ajouta-t-il, on en a mis beaucoup à jour, et, maintenant, on ne découvre plus grand-chose.

Quand Vincent évoqua la possibilité de fouilles clandestines, Ribol fut catégorique :

— Impossible. Tous les sites intéressants ont été répertoriés et sont très surveillés. Où auraient-elles eu lieu ces prétendues fouilles ?

Vincent commençait à se sentir mal à l'aise.

— Dans les alignements du Ménec, bredouilla-t-il. Au pied de certains menhirs…

À l'autre bout du fil, son interlocuteur commença par s'étrangler d'une indignation qui se termina par un gros rire.

— C'est totalement impossible ! D'ailleurs, pour le moment, et plus pour très longtemps, j'espère, les alignements sont encore protégés par un grillage. Vous y êtes allé au Ménec ?

— Pas encore, avoua Vincent.

— Eh bien, allez-y faire un tour, et vous comprendrez que des fouilles sauvages…

— Clandestines, rectifia Vincent.

— Clandestines, si vous voulez, sont invraisemblables. Quel est le Professeur Nimbus qui vous a servi cette histoire ?

Vincent murmura qu'il avait promis la discrétion à son informateur.

— Drôle d'informateur, fulmina Ribol ! Mais, j'y pense, puisque vos êtes à Carnac, prenez donc contact avec Jérémie O'Neill. Il fait autorité en la matière, c'est, de surcroît, un fin connaisseur des civilisations gauloise et gallo-romaine. De plus, c'est un ami. Allez le voir de ma part, il vous recevra à bras ouverts !

*

Vincent gara son 4x4, dans le chemin boueux, au plus près de la haie. Coup d'œil sur la pendulette du tableau de bord : seize heures cinquante. Il se gourmanda intérieurement :

« J'en ai perdu du temps ! »

D'abord à essayer de joindre Jérémie O'Neill. Une voix féminine l'avait gentiment renseigné : « Non, monsieur Jérémie était sorti... Non, il ne rentrerait pas déjeuner... »

— Quand il rentrera, avait demandé Vincent, pouvez-vous lui dire que...

— Quand il rentrera, je serai partie, je finis mon service à midi.

Vincent avait obtenu de la femme de ménage qu'elle laisse un mot demandant qu'on le rappelle. Il avait attendu en vain. De guerre lasse, après avoir tardivement avalé un sandwich, il était allé sonner à la villa de Jérémie où il avait trouvé porte close. Il était donc écrit qu'il irait, seul, visiter les alignements, sans avoir obtenu d'autres éclaircissements.

Agacé par ce qu'il commençait à deviner des manigances de Jérémie O'Neill, Vincent avait écouté d'une oreille distraite les verbeuses explications obtenues pendant qu'il achetait des cartes postales ; et, alors qu'il voulait faire au plus vite, après avoir traversé Carnac-Plage, puis Carnac-Ville, il s'était un peu égaré. Il n'avait, cependant, pas regretté cette erreur grâce à laquelle il avait pu admirer les alignements de Kerlescan – les mieux préservés – précisait son guide et de Kermario. À présent, il était, enfin, à pied d'œuvre. À peine sorti de voiture, il enfila la parka chaudement doublée qu'il laissait en permanence dans le coffre. « Avis de grand frais » avait annoncé la météo marine. D'autant plus frais que le vent soufflait rudement, charriant d'épaisses nuées qui accouraient en masses de plus en plus serrées du fond de l'horizon.

Les alignements du Ménec, célèbres dans le monde entier, s'étendaient à perte de vue, à peine défigurés par les grillages qui les protégeaient. Mais si, comme le fit Vincent, on s'accoudait à la clôture d'en bas, on finissait par ne plus les voir. D'où il était, les rangées de menhirs, épousant la courbe de la lande, semblaient rejoindre, à l'horizon, le moutonnement des nuages. Envoûté par la magie du lieu, il resta là un long moment, perdu dans la contemplation des silhouettes de granit, sentinelles de pierre dressées vers le ciel, gardiennes de quels secrets à jamais perdus ? Lorsqu'il quitta le Ménec, sa conviction était faite. Ribol avait raison : creuser sur un site aussi surveillé où même la végétation, rendue à l'état naturel, était protégée, était inimaginable. Quant à excaver des menhirs, sans qu'on s'en aperçût, cela relevait tout simplement de l'élucubration. C'était pourtant ces élucubrations que Jérémie O'Neill avait tenté de lui faire gober ! Mais Vincent était bien décidé à avoir le dernier mot. « S'il croit me berner plus longtemps, il se trompe. Il faudra bien qu'il finisse par me dire d'où elles viennent ces fameuses monnaies. Il crachera le morceau ou bien il lui en cuira ! »

La nuit tombait déjà lorsqu'il revint à Carnac-Plage, après être allé sonner, encore une fois, inutilement, à la villa de Jérémie O'Neill. Sa seule inquiétude était que Jérémie eût quitté Carnac après l'avoir lancé sur une fausse piste. Tout à ses pensées, il passa au ralenti devant la boutique du coiffeur "Chic et Tif" et se souvint que Jérémie était un des clients du salon. Il se gara en voltige. La shampouineuse, sur le seuil, s'apprêtait à baisser le rideau.

— Vous fermez ? lança-t-il avec un grand sourire.

Elle lui rendit son sourire :

— Eh bien oui. Il n'y a plus personne, c'est moi qui fais la fermeture. C'est pourquoi ? Pour une lotion ?

Déjà toute prête à remonter le rideau de fer… Sans doute se souvenait-elle du gros pourboire dont il l'avait gratifiée quelques jours auparavant. La reconnaissance du portefeuille, la plus durable…

— Non, la lotion, ce n'est pas pour ce soir. Un de ces jours, mais cela m'ennuie de prendre rendez-vous. Ce qui m'irait ce serait de venir à l'improviste.

— Venez quand vous voulez. J'aurai toujours un moment pour vous, surtout qu'il n'y a pas grand-monde en ce moment.

— C'est gentil, cela, dit Vincent. Et puisque vous êtes si arrangeante, je vous donne votre pourboire en avance.

Elle fit mine de refuser :

— Non, ce n'est pas la peine, je ne veux pas…

Vincent lui fourra des billets dans la main et, comme s'il était sur le point de partir :

— Au fait, monsieur O'Neill, vous l'avez vu ces jours-ci ?

— Pas plus tard que cet après-midi, fit-elle, soudain renfrognée. Il part demain. Il vient toujours se faire coiffer avant de rentrer à Paris. Il dit qu'ici les coiffeurs sont moins chers…

— On dirait que vous ne le portez pas dans votre cœur, ce client-là ?

— C'est un radin !

— Il était seul ?

Elle fit une moue dégoûtée.

— Pensez-vous ! Toute la petite bande est venue se faire pomponner. Ce soir, ils font la bringue. Ils fêtent un diplôme, une médaille de sport, quelque chose comme ça…

— À la villa ?

— Mais non ! Leur boîte favorite, comme d'habitude – elle haussa les épaules – enfin, ça les regarde…

— Tiens donc, ça pourrait m'intéresser, les soirées sont longues à l'hôtel. Elle s'appelle comment cette boîte ?

— "Le Socrate". Mais n'y allez pas, ce n'est pas votre genre !

XXII

"Le Socrate"... Il n'avait pas été facile d'obtenir l'adresse de la "boîte favorite" de Jérémie O'Neill !

— "Le Socrate" ? Oui, ça me dit quelque chose, mais je n'y suis jamais allé.

— L'adresse ? Il n'y a pas d'adresse. C'est en pleine cambrousse ! C'est pour... enfin, disons que c'est pour initiés...

À force d'insister, auprès du personnel de l'hôtel, par bribes, il avait glané quelques indications.

— La route d'Auray, vous dépassez une petite croix de pierre et ensuite une chapelle...

Pas commode de nuit... Et voilà que, pour arranger les choses, il s'était mis à pleuvoir ! Mais, en roulant lentement, en scrutant la route déserte, on parvenait à peu près à se repérer. Il venait de dépasser la chapelle.

— J'espère que c'est la bonne. Il y en a tellement, dans ce pays...

Ensuite, il fallait prendre la deuxième route sur la droite. La route se révélait plutôt un chemin défoncé.

— Ensuite, vous roulez un kilomètre environ tout droit. Faites attention, ce n'est pas bien éclairé...

La vérité était que ce n'était pas éclairé du tout. Par

moments, on devinait, de chaque côté, des fossés inquiétants. Au bout de deux kilomètres, une dizaine de voitures garées autour d'une longue bâtisse. Près de l'entrée, un tonneau renversé portant une inscription que Vincent déchiffra à la lueur des phares : "Le Socrate".

De l'extérieur, la bâtisse aurait pu passer pour un hangar plutôt que pour une boîte de nuit s'il n'y avait eu, s'échappant de la porte entrouverte, le martèlement de la musique techno.

Vincent poussa la porte, un simple battant de bois brut. Il était dans une sorte de sas au fond duquel une double portière occultait en partie la piste de danse. Il jeta un œil : assistance masculine, des couples de danseurs s'agitaient en cadence. Dans un coin, Jérémie et Quentin Le Trez dansaient, enlacés.

— Qu'est-ce que vous foutez là ?

Une poigne de fer l'avait saisi par le gras du bras, le retournant à demi… Vincent se trouva face à un malabar baraqué comme un lutteur de foire, crâne rasé, pendeloque à une oreille.

— Vous êtes invité, éructa le géant ?

— M… oui… c'est-à-dire non, bafouilla Vincent, pris de court.

— Alors, on n'entre pas !

— Je suis un ami de Jérémie O'Neill.

— Ses amis, ils sont tous là. On n'attend plus personne.

— Allez le prévenir que je suis là, j'ai besoin de le voir.

Vincent tenta un pas en avant. Le malabar l'agrippa férocement.

— On n'entre pas, je te dis. Dégage !

Le tutoiement eut le mérite de rendre à Vincent son assurance de judoka expérimenté.

— J'ai déjà vu des videurs plus marrants !

— Je suis pas videur, je suis DJ.

— Et des disc-jockeys plus aimables... Alors tu vas arrêter ta musique de merde et prévenir Jérémie que j'ai à lui parler.

Et, crânement, il risqua deux pas dans la salle. Deux pas, pas un de plus. Jérémie l'avait aperçu et, contournant le groupe des danseurs, s'avançait vers lui.

D'un geste il arrêta le poing du malabar, prêt à cogner.

— Ça va, Nino, c'est un ami.

Et à Vincent, avec une imperturbable courtoisie :

— Vous êtes mon invité, puis-je vous offrir un verre ?

— Pas ici, dit Vincent, rageusement.

Jérémie dut sentir qu'il ne ferait pas bon discuter.

— Chez moi alors. Vous êtes en voiture ?

— Évidemment !

— Je sors discrètement, dit Jérémie, toujours aimable et je vous précède.

Il fit un signe à Nino.

— J'ai besoin de respirer un peu d'air frais. Monsieur et moi, nous allons faire un petit tour dans le chemin. Monte le son. Et fais en sorte qu'on ne se rende pas compte de mon absence. Je suis de retour dans une demi-heure.

Dans un tintamarre assourdissant, les danseurs se déchaînaient.

Le trajet de retour parut plus court à Vincent, plus facile aussi puisqu'il n'avait qu'à suivre la voiture qui le précédait. Sa colère était retombée lorsque, dans le salon, il s'installa dans le fauteuil que Jérémie lui tendait.

— Alors, vous vous apprêtiez à filer en douce ?

— Mais pas en douce, je vous aurais téléphoné de Paris.

— En me laissant tout seul interroger les menhirs ?

En face de lui, Jérémie se mit à rire comme s'il se fût agi d'une bonne farce.

— Voilà, dit Vincent, calmement. Assez joué. Des informations exactes, exactes et vérifiables ou dès demain matin…

— Ou dès demain matin je suis convoqué par la police. C'est cela ?

— C'est cela.

— Et ne me refaites pas le coup de l'amateur passionné, reprit Vincent.

— Je vais vous dire la vérité, je vais même faire mieux, dit Jérémie. Dès demain matin, si nous nous mettons d'accord, je vous emmène à l'endroit, aux endroits d'où proviennent les éléments les plus précieux de mes… collections. Mais auparavant, il faut régler un détail. Les pièces que vous avez trouvées, et, d'un certain point de vue, dérobées…

— Là, vous allez un peu fort, vous ne trouvez pas ?

Jérémie ignora l'interruption.

— Les pièces, qu'allez-vous en faire ?

La question se posait en effet.

— Il paraît, reprit Jérémie que vous pensez à faire un don anonyme à un musée ?

Vincent se souvint qu'il avait évoqué cette possibilité avec Charlotte. Les informations circulaient vite...

— Oui, peut-être.

Un musée ! Et savez-vous ce qui se passera ? On enfermera ces statères dans une vitrine et personne ne s'y intéressera plus. Peut-être même, si le musée est encombré, dans une armoire métallique de la réserve ! Personne ne peut dire combien de milliers de chefs-d'œuvre dorment dans les sous-sols des musées du monde entier ! Antonin Arthand avait raison. En Occident, les œuvres d'art ne remplissent pas leur vraie fonction. On les tue, on les momifie...

— Antonin Arthand était fou !

— Moi aussi, je suis un peu fou !

Jérémie O'Neill s'était levé. Il arpentait la pièce.

— Vous me prenez pour un voleur... Mais, ces objets qui me racontent le passé, le passé de la civilisation à laquelle j'appartiens, ces statères, moi je les contemple, je les caresse, je les fais vivre, vous comprenez ?

Il y avait tant de flamme dans ses yeux, tant de sincérité dans sa voix que Vincent dut se faire violence pour garder à l'esprit qu'il avait en face de lui un escroc, un escroc sympathique mais un escroc tout de même. Il protesta :

— Entre nous, ces pièces, vous vouliez les faire parvenir à Salvatori pour qu'il les vende ! Avouez quand même que c'est l'argent qui…

— Il faut bien vivre ! Quentin aime les restaurants étoilés, les voiliers high-tech…

— Et vous ne résistez pas à lui offrir ce qu'il aime.

— Vous l'avez vu Quentin ? Ce torse de statue grecque ! Ce teint de brugnon ! Il est aussi beau, aussi frais au petit-déjeuner qu'à onze heures du soir. En amour, les lendemains matins sont peut-être ce qu'il y a de plus important…

Il revint vers Vincent.

— Puisque, de toute manière, je suis entre vos mains, je vous fais une confidence. Les plus belles pièces, je les garde.

Il s'approcha de Vincent et lui planta son regard de jais droit dans les yeux.

— Je vais vous montrer mon trésor.

Il alla vers un placard aménagé dans le mur, en ouvrit tout grand les portes, dévoilant un bric-à-brac digne d'un brocanteur… D'un tiroir, il extirpa un coffret dont il fit glisser le contenu sur la table. Cela brillait à la lumière de la lampe que Jérémie avait rapprochée.

— C'est de l'or ? fit Vincent médusé.

Jérémie se mit à rire.

— C'est bien plus précieux que de l'or. Certaines pièces sont en or, c'est vrai, d'autres en argent mêlé de cuivre. Ce qui compte, ce n'est pas l'alliage, c'est l'état de conservation et, surtout, le motif. Les Celtes, particulièrement ceux d'Armorique, avaient beaucoup plus d'imagination que les Grecs et les Romains qui ne faisaient que reproduire le profil de leurs dieux ou de leurs empereurs. Les pièces gauloises, elles, sont frappées de signes symboliques, d'animaux fantastiques. Des motifs qui témoignent d'une véritable créativité. D'ailleurs, leur prix monte en flèche. Par exemple, à l'Hôtel Drouot quand on a dispersé la collection d'André Breton, les enchères ont flambé. Regardez cela.

— Il saisit délicatement une pièce aux contours irréguliers, la fit jouer dans sa paume.

— Regardez. Vous voyez ? Ce cheval qui galope, mené par un oiseau tenant les rênes…

— D'où vient-elle ?

— D'ici, de la région. C'est un statère des Vénètes. Une pièce de toute beauté.

— Celle-là, fit Vincent, se souvenant des propos du marchand de Genève, on la noterait “très très beau” ?

Jérémie secoua la tête :

— “TTB”, c'est assez courant. Celle-ci serait notée “superbe” et même “FDC”, fleur de coin. Elle est quasiment à l'état neuf. C'est extrêmement rare.

Il avait baissé la voix comme s'il avait oublié la présence de Vincent.

— Un cheval mené par un oiseau… vous vous rendez compte comme c'est poétique…

Il changea de ton, brusquement :

— Les pièces, les quatorze pièces, vous ne m'avez pas répondu, vous les avez toujours ? Où sont-elles ?

— Dans le coffre de l'hôtel.

— Rapportez-les. Il faut les faire parvenir à Salvatori.

Vincent sursauta, interloqué.

— Vous ne pensez tout de même pas que je...

— C'est un marchand... coupa Jérémie. J'ai un contrat avec lui. Je dois l'approvisionner. Vous n'imaginez pas ce que coûtent les fouilles – il se mit à rire de nouveau, avec son air de gamin – surtout quand elles sont clandestines. Donc, je me résume : les pièces contre les renseignements sur l'endroit d'où elles viennent et dont vous ne révélerez pas la localisation exacte, bien entendu.

— C'est vous, maintenant, qui me mettez le marché en main !

Vincent avait toujours aimé les défis, il n'était pas loin d'admirer l'aplomb de son interlocuteur, le brio avec lequel il retournait la situation à son avantage. Il se leva.

— Je vais réfléchir. La nuit porte conseil.

Jérémie en fit autant.

— Je préfère qu'on ne vous voie pas sortir. Je vais vous faire passer par le garage.

Vincent fit la grimace.

— Mauvais souvenir !

— N'y pensez plus, dit Jérémie avec son drôle de sourire. C'était une plaisanterie. Je crois que nous allons bien nous entendre.

— À quelle heure le rendez-vous, demain ? demanda Vincent.

— Disons dix heures et couvrez-vous bien. Là où je vais vous emmener, le vent soufflera fort.

Il soufflait déjà et Vincent frissonna en marchant vers sa voiture. Il s'attarda un instant à regarder la pâleur de la lune filtrant à travers les nuages, fouilla dans sa poche pour trouver ses clef, ouvrit la portière et s'arrêta net : il lui avait semblé distinguer une silhouette de l'autre côté de l'avenue. Une ombre qui se déplaçait et qui s'était immobilisée au bruit de la portière. En une seconde il fut au volant. Contact. Pleins phares. Mais il eut beau scruter la nuit, il n'y avait personne…

— Un promeneur attardé ? Ou bien le clair de lune jouant sur un tronc d'arbre, tout simplement ?

Des rafales de pluie balayaient l'avenue. Il démarra en songeant à la chambre douillette qui l'attendait à l'hôtel.

XXIII

Pull-over à col roulé. Du cachemire triple fil…

« Quand Margot fait des cadeaux, elle ne fréquente que les bonnes maisons ! »

Gilet polaire et par-dessus la parka… gants fourrés… Et le bonnet. Ne pas oublier le bonnet.

« Ça devrait suffire même si là où nous allons, le vent souffle fort. »

À travers la baie, Vincent jeta un coup d'œil vers l'extérieur ou, du moins à ce qu'on pouvait en voir tant le brouillard bouchait la vue. Du brouillard et pas de vent, contrairement à ce qu'avait prévu Jérémie…

Il enfilait ses bottes “tout terrain” lorsque le téléphone de la chambre sonna. Il décrocha et reconnut la voix de Denis Durandel :

— C'est toi ? On n'arrive pas à te joindre ! Qu'est-ce que tu fous ? Tu n'as pas branché ton portable ! Bon, pas d'importance. Ne rate pas le vingt heures. On passe ton sujet, on l'annonce dans les titres.

— Au ministère qu'est-ce qu'on dit ? demanda Vincent.

— On ne dit rien. On ne fait rien. On joue la sérénité. Mais après le JT de ce soir, ça va saigner !

Vincent avait décidé d'aller à pied rejoindre Jérémie.

Quand on quittait le bord de mer, le brouillard devenait moins épais mais il y avait l'humidité qui vous pénétrait, vous enveloppait dans une sorte de cocon de gouttelettes en suspension.

Dès qu'il déboucha dans l'avenue d'Armorique, il se rendit compte qu'il se passait quelque chose de pas ordinaire. De loin, on devinait la masse d'un attroupement et la lueur des gyrophares. Au fur et à mesure qu'on avançait, la vision se précisait. D'une part, un groupe de badauds massés à l'extérieur des cordons orangés qui ceinturaient les abords de la villa de Jérémie.

De l'autre, un va-et-vient d'hommes en civil – policiers ou gendarmes – qui s'activaient à prendre des photos, des mesures à l'intérieur et à l'extérieur de la maison. Vincent rejoignit les badauds.

— Que se passe-t-il ?

— C'est le propriétaire, un certain O'Neill, répondit une femme. On l'a trouvé mort.

— Salut, Fanch, dit quelqu'un. Tu connais la nouvelle ?

— On m'a dit qu'il s'est fait trucider, et salement !

Celui qui venait de parler avait une casquette bleu marine et le teint rouge brique des gens de mer. Il semblait bouleversé.

— Vous le connaissiez ?

Vincent entendit sa propre voix, blanche, mal assurée.

— Je pense bien, répondit l'homme. C'est moi qui m'occupe de son bateau, je viens juste de faire le pont, de rincer les voiles. Vous parlez d'un coup !

Une femme arrivait, elle avait des nouvelles toutes fraîches. Elle avait un beau-frère parmi les policiers qui avaient fait les premiers constats.

— On l'a retrouvé le crâne fracassé, dit-elle, très abîmé, à ce qu'il paraît…

Vincent se figea. En un éclair, il se souvint… La silhouette fugitive dans la clarté incertaine de la lune…

— On sait qui ? balbutia Vincent.

— Pas encore. C'est un voleur, à ce qu'on dit.

Vincent s'était poussé au premier rang, juste derrière le cordon de sécurité. Il regardait la maison, comme s'il la voyait dans un mauvais rêve. Dans son dos, on échangeait les quelques détails qu'on croyait savoir.

— On a trouvé une des portes-fenêtres fracturée, c'est par là que le voleur a dû entrer.

— Le ou les voleurs, ils étaient peut-être plusieurs…

— Peut-être.

— Il paraît qu'à l'intérieur, c'est un vrai champ de bataille. On a fouillé partout… On a volé les bijoux, l'argenterie, les chéquiers et même des vêtements, tout.

Quelqu'un interrogea le policier qui maintenait les badauds à distance. Sans succès. On ne savait rien de précis pour le moment. Vincent écoutait, sans se mêler aux commentaires qui allaient bon train.

Demander à entrer, dire que Jérémie O'Neill lui avait fixé rendez-vous pour le matin même, qu'il avait un détail à communiquer qui pouvait s'avérer utile, que la veille au soir… Pourquoi ne le faisait-il pas ? Il n'avait rien à se reprocher sauf, à la rigueur, un recel d'informations sur un trafic de monnaies anciennes… De la broutille. Surtout quand on a une carte de presse. Mais il savait déjà, sans l'avoir vraiment décidé qu'il ne bougerait pas, qu'il ne dirait rien, qu'il fallait se tenir à l'écart de tout cela. Une voix en lui disait : « Attention ! Danger… » Il s'éloigna discrètement en direction de l'hôtel.

XXIV

Revoir Charlotte. Ou tout au moins, entendre sa voix. Trouver une raison, sans avoir l'air d'un amoureux transi, un prétexte, pour renouer le contact. Depuis qu'il avait regagné Carnac, Vincent ne pensait qu'à cela. Et voilà que le hasard des événements lui en fournissait l'occasion. Il allait lui apprendre la mort tragique de Jérémie. Sitôt rentré à l'hôtel, il appela le cabinet Lambertini à Genève pour s'entendre répondre – comme d'habitude ! – que : « Madame Nolac était en rendez-vous toute la journée... » La voix de la secrétaire était exaspérante de suavité.

— Pouvez-vous lui faire un message ? Qu'elle me rappelle le plus vite possible. Vincent Hermelin, à mon hôtel, à Carnac. Elle connaît le numéro. Oui, elle a mon numéro de portable. Dites que c'est urgent !

Charlotte, cela ne faisait pas de doute, rappellerait à l'heure du déjeuner.

— Et mon portable qui me joue des tours... Si elle ne m'atteint pas... alors, elle passera par le téléphone de l'hôtel.

Pour ne pas la rater, il se fit monter un en-cas dans sa chambre. Peu avant treize heures, le téléphone sonna. Enfin ! Il décrocha, le cœur battant.

— Coucou, c'est moi ! dit Margot, Je ne pensais pas te trouver dans ta chambre à cette heure-ci…

Il força le ton pour dissimuler sa déception.

— Comment vas-tu, ma chérie ? Tu me manques… tu me manques terriblement !

D'habitude, il avait la tendresse plus sobre. Margot ne s'y trompa pas.

— Tout va bien ? Tu as une drôle de voix…

Il la rassura. Margot, enjouée, détendue, commença à bavarder.

Elle était passée à la rédaction :

— Durandel ne jure plus que par toi. Elle venait d'acheter une commode à langer : Un meuble bifonctionnel, très pratique, tu verras…

Et pendant ce temps, Charlotte essayait sans doute de le joindre !

— Et pour le prénom, continuait Margot, j'ai pensé à Tiffany. C'est joli Tiffany pour une fille… C'est original, qu'est-ce que tu en dis ?

Vincent explosa :

— Qu'est-ce que c'est que ce prénom à la noix ! Et quand je dis à la noix, c'est pour être poli !

Au bout du fil, Margot semblait outrée :

— Qu'est-ce qui te prend ? Tu as une rage de dents ?

— Excuse-moi, dit Vincent, ça ne va pas tout seul, cette enquête… Des complications. Je ne peux pas en dire plus au téléphone…

— Oui, je sais, acquiesça Margot, sujet ultrasensible. Denis Durandel a passé la consigne…

Et puis vint la question redoutée :

— Quand rentres-tu ?

— Impossible à dire. J'ai bien peur d'être obligé de repasser par Genève…

— Je pourrais venir te retrouver ?

Margot finit par raccrocher. Vincent se précipita pour appeler l'accueil. Non, il n'y avait aucun message pour lui. Non personne n'avait tenté de le joindre. Il essaya de bricoler son portable et décida d'aller faire un tour dans le centre pour essayer d'attraper les derniers ragots sur le meurtre. De toute manière, Charlotte n'appellerait pas avant d'en avoir fini avec ses rendez-vous, avant la fin de la journée.

Quelques instants à peine pour rouler jusqu'au centre-ville. On se garait où on voulait, « ce n'est pas la saison » comme disent les gens du cru. Cartes postales, un nouveau chargeur pour le portable, journaux et un expresso, remarquable, rue du Pô. Partout, on ne parlait que de l'événement de la nuit. Vincent écoutait mais il n'apprit rien qu'il ne sût déjà, depuis le matin.

Il était place Saint-Cornély. La tentation était trop forte : ses pas le menèrent insensiblement à la venelle Saint-Tugdual. Rôder près de la maison de Charlotte, c'était un peu s'approcher d'elle. Les volets bleus étaient fermés mais le portillon était ouvert. Il entra jusqu'à l'arrière, jusqu'au « jardin de curé » comme avait dit Charlotte… Le jardinier était là, occupé à bêcher autour des buissons. Il reconnut Vincent, posa sa bêche, trop heureux de trouver quelqu'un à qui parler de ce qui était arrivé à "ce pauvre monsieur O'Neill" :

— Je ne peux pas y croire. Il était tellement sympathique, tellement intéressant ! Penser qu'on ne le verra plus... On n'est pas grand-chose quand même.

Une idée trottait dans la tête de Vincent :

— Et son neveu, que va-t-il devenir ?

— Quentin ? Il l'appelait par son prénom, sans façon. Oh, ça va être un changement pour lui. Son oncle le gâtait tellement. Il ne savait rien lui refuser. Mais il va peut-être hériter... Parce que, celui-là, s'il fallait qu'il vive de son métier !

— Qu'est-ce que c'est, son métier ?

— Il est moniteur sportif, enfin c'est ce qu'il dit. Moniteur de plongée sous-marine.

Vincent s'arrangea pour parler de Charlotte, inventant ce qu'il ignorait.

— Il paraît que les obsèques de Jérémie O'Neill auront lieu ici. Madame Nolac va peut-être venir...

— Ça se pourrait bien. Ils étaient tellement amis !

L'homme allait reprendre sa bêche. Il fallait réamorcer la conversation.

— Elle est jolie cette petite maison. Dommage qu'elle soit presque toujours vide.

— Pas si vide que cela. Il vient souvent du monde ici. Madame Nolac prête sa maison à ses amis. Elle en a beaucoup. Des dames avec des enfants, son voisin aussi, l'Italien.

Vincent dressa l'oreille :

— L'Italien ?

— Oui, celui qui habite en dessous de chez elle, à Genève. Monsieur Serveti, un nom en “i”

— Salvatori ?

— Oui, c’est cela, monsieur Salvatori. Il vient parfois, lui aussi. C’est curieux d’ailleurs, ce monsieur Servieti…

— Salvatori, rectifia Vincent.

— Salvatori, c’est ça…

Le jardinier avait reposé sa bêche et se grattait longuement l’oreille.

— Il m’a semblé l’apercevoir, à La Trinité, pas plus tard qu’avant-hier, et ça m’a étonné parce qu’il est venu deux ou trois fois à Carnac et il avait logé ici. J’ai dû me tromper…

Vincent écoutait à peine, tout occupé par ce qu’il venait d’apprendre. Charlotte, il s’en souvenait, lui avait affirmé qu’elle le connaissait sans plus. Et pourquoi lui avait-elle caché qu’il habitait, lui aussi, rue des Granges, au-dessous de chez elle ? Qu’ils étaient assez intimes pour qu’elle lui ait prêté sa maison ? De nouveau, les soupçons l’assaillirent. Il rentra à l’hôtel avec l’inquiétude au cœur.

À dix-neuf heures trente, aux informations régionales, le titre principal annonçait ce que l’on appelait déjà “le crime de Carnac-Plage”. On s’étendait sur la personnalité de Jérémie O’Neill, architecte de talent et passionné par les civilisations celtiques, domaine dans lequel sa compétence faisait autorité. Quant aux circonstances du crime, on n’en était qu’aux premières constatations. La victime avait été assommée, frappée à plusieurs reprises par un objet contondant, vraisemblablement le cric retrouvé près du corps. D'après les premières estimations, la mort était intervenue entre minuit et quatre heure, du matin. Il fallait, bien entendu, attendre les résultats de l'autopsie pour établir l'heure du décès avec certitude. Tout indiquait que le vol était le mobile du crime Le malfaiteur s'était introduit dans la villa par une des portes-fenêtres donnant sur la pelouse, à l'arrière de la maison où la victime était seule. L'argent liquide ainsi que tous les objets de valeur, bijoux, argenterie, et même matériel hi-fi avaient disparu.

Charlotte n'avait toujours pas rappelé.

À vingt heures, Vincent se brancha sur le journal télévisé. Denis avait tenu sa promesse et même au-delà. En titre : « Du nouveau sur l'affaire Backermann, reportage de notre envoyé spécial, Vincent Hermelin. » C'était la première fois qu'il était gratifié du titre d'envoyé spécial... Suivait en sujet principal, l'interview de Christine, commentant les confidences de son fils. Même après coup, cela faisait froid dans le dos. Il avait travaillé seul et il avait réussi une interview choc. On l'avait cité à l'antenne, c'était une première aussi. De quoi être fier. Mais il avait la tête ailleurs.

Le téléphone sonna aussitôt après : Charlotte, enfin !

— Il vient d'arriver quelque chose à Jérémie...

— Je suis au courant, dit Charlotte. C'est terrible. Un crime aussi sauvage ! Et, en plus, c'est un hasard malheureux, car, normalement, Jérémie n'aurait pas dû être seul. Quand il séjournait à Carnac, Quentin restait toujours dormir à la villa. Mais la nuit dernière, Quentin avait envie de danser jusqu'à l'aube, comme d'habitude, et Jérémie était rentré se coucher. Il était fatigué.

Vincent, lui, n'avait pas trouvé Jérémie particulièrement fatigué mais, pour l'instant, il jugeait prudent de ne pas souffler mot de son entrevue nocturne.

— Comment avez-vous appris, demanda-t-il ?

— Quentin m'a téléphoné. Il est effondré.

Effondré… L'était-il vraiment ? On pouvait se poser bien des questions…

— Il y a de quoi, enchaîna Vincent. Il paraît que Jérémie l'entretenait très généreusement.

— Vous avez appris, cela… Le ton de Charlotte était désabusé. Je suppose que les ragots vont se déchaîner. Mais Quentin n'est pas qu'un bel éphèbe. Il aime le luxe, c'est vrai, mais il était sincèrement attaché à Jérémie.

— Dont il va hériter, paraît-il…

— Que voulez-vous dire ? Charlotte ne cherchait pas à dissimuler son irritation. Je connaissais Jérémie depuis des années. Il n'avait aucune fortune. Il gagnait très bien sa vie, voilà tout. Et il s'entendait à merveille avec Quentin pour dépenser tout ce qu'il gagnait.

— Je voudrais rencontrer Quentin, dit Vincent.

— Pourquoi ? Vous êtes devenu enquêteur ? Vous le soupçonnez ?

— Vous n'y êtes pas… Je n'enquête pas sur un meurtre. Je réalise un reportage sur un trafic de vestiges historiques. Je devais revoir Jérémie. Il allait me donner des indications précises sur la provenance des monnaies. Quentin est certainement au courant de ces prétendues fouilles clandestines. Il peut m'aider. Il acceptera de me rencontrer si vous le lui demandez.

Au bout du fil, Charlotte semblait perplexe.

— Je crains que vous perdiez votre temps. Quentin est un gentil garçon mais, elle hésita, il n'est pas très intelligent ni cultivé. Il ne s'intéressait absolument pas aux recherches de Jérémie. Enfin, si vous croyez que cela peut vous être utile…

À ce moment, Vincent risqua la question qui lui brûlait les lèvres :

— Vous allez venir à Carnac ?

— Moi, dit Charlotte étonnée ? Non. Qu'est-ce que j'y ferais ?

— Dans ce cas, dit Vincent, de son air le plus naturel, nous allons nous revoir à Genève.

— Je croyais que ce qui vous importait, c'était la provenance des pièces ?

— Je veux aussi savoir comment et grâce à qui on les écoule. Les deux bouts de la chaîne. Il faudra d'ailleurs que je voie ce Salvatori. Au fait, Salvatori, vous ne m'aviez pas dit qu'il habitait juste au-dessous de chez vous ?

— J'aurais dû ?

Il ne la voyait pas mais il l'imaginait avec ce regard

glacé-brûlant, cette moue hautaine qui lui allait si bien…

— Voir Salvatori, reprit-elle, ne posera aucune difficulté. Mais pas en ce moment, il est chez sa mère, à Rome, pour une semaine.

Il raccrocha en se demandant comment il allait présenter la chose à Denis Durandel. Lui faire miroiter une suite à l'affaire Backermann, une autre entrevue avec Christine ? Pourquoi pas ? Il se sentait capable de convaincre le monde entier pour retourner à Genève le plus vite possible.

Vincent crut entendre la voix de Margot : « Quand rentres-tu ? »

« Je suis un salaud ! », pensa-t-il.

XXV

— À quoi ressemble un salaud ? À ça.

Vincent, sorti de sa douche matinale, pieds nus, mouillés, sur la moquette, s'étrillait devant le miroir en pied, à l'entrée de la chambre. Un mètre soixante-quinze, allez, disons soixante-seize et même soixante-dix sept, pour me faire plaisir. Carrure de judoka, là, ça va. Cheveux bruns, avec un peu de gris sur les tempes, à peine... De retour à la salle de bains, il farfouilla dans la trousse pour trouver la crème à raser qu'il commença à étaler face à la glace.

Des yeux sombres, pas noirs, brun foncé, avec quelque chose dans le regard dont il connaissait le pouvoir sur les femmes. Voilà, c'est cela le portrait d'un salaud.

— Je me suis rangé, comme on dit. Je suis marié avec une fille ravissante dont je suis amoureux. Parfaitement ! Dont je suis amoureux. Nous allons avoir un enfant. Et je ne pense qu'à une chose, rejoindre cette femme qui ne s'intéresse pas du tout à moi ! Dans le genre salaud, je ne suis pas un grand, pas un héros. Non, un salaud ordinaire...

La sonnerie du téléphone interrompit le soliloque. Il décrocha. Quelques instants de silence, comme si, au bout du fil, on hésitait à parler. Et puis une voix sans timbre :

— Quentin Le Trez, à l'appareil – nouveau silence – il paraît que vous voulez me voir...

— J'ai exprimé le désir de vous rencontrer, c'est vrai, dit Vincent, soucieux de rendre la formule aussi peu impérative que possible. Charlotte Nolac...

— Elle vient de m'appeler. Je suis pas contre, mais je suis pas prêt, je viens de me lever. Hier soir, j'ai pris un somnifère...

— C'est bien normal, après ce qui vient de se passer. Prenez votre temps, votre heure sera la mienne.

— Il est quelle heure ?

Vincent avait déjà son chronomètre au poignet.

— Pas tout à fait neuf heures, dit-il.

— Le temps que je me prépare... Onze heures, ça va ?

— Ça va très bien. Où ?

— À votre hôtel.

— Si vous êtes fatigué, dit Vincent aimablement, je peux venir chez vous.

Quentin Le Trez trouva un semblant d'énergie pour repousser net la proposition :

— Non. J'aime mieux pas. C'est en désordre.

— Comme vous voulez. Je ne vous retiendrai pas longtemps. À tout à l'heure.

En quelques instants, Vincent élabora son plan.

— Neuf heures... onze heures. J'ai deux heures devant moi. J'espère qu'il n'est pas sur liste rouge...

Il se fit monter un annuaire et trouva tout de suite :

Le Trez Quentin, trente-trois, rue La Chalotais. Coup d'œil sur le plan : c'était du côté de la route de La Trinité sur Mer. À dix minutes de voiture, pas plus.

— J'y serai vers dix heures et demie. J'attends qu'il sorte pour me montrer et je lui raconte n'importe quoi, que je suis venu pour le déranger le moins possible, pour lui éviter de la fatigue. Il me croit ou il ne me croit pas, aucune importance. Il ne voulait pas que je vienne chez lui. Donc je viens.

Dix heures vingt, rue La Chalotais. Une rue banale. Une maison banale. On pourrait être dans n'importe quel faubourg de n'importe quelle petite ville. Une Twingo garée devant la porte.

— Sa voiture ? Je l'espère. Pourvu qu'il ait dormi chez lui ! Sinon, mon plan tombe à l'eau…

Il ne faisait pas chaud et Vincent qui faisait les cent pas, un peu à l'écart, regrettait de ne pas avoir pris ses gants. Vers dix heures trente, Quentin Le Trez apparut sur le seuil. Avant qu'il ait pu un faire un pas dehors, Vincent était là et le repoussait vers l'intérieur tout en l'étourdissant d'explications volubiles :

— Vous faire déplacer… dans un moment pareil… Pour rien au monde… On se parle chez vous. Vous êtes d'accord ? J'en ai pour cinq minutes.

Quentin Le Trez ne tenta même pas de résister. De mauvaise grâce, il ouvrit la porte d'une pièce à tout faire où traînaient des relents de fumée de cigarette. Un large divan encore défait, avec des oreillers en désordre et, dans un coin, un évier où Vincent repéra immédiatement deux tasses sales.

Quentin Le Trez avait intercepté le coup d'œil de Vincent.

— Je vous avais prévenu, il y a deux jours que je n'ai rien rangé. Je n'ai pas la force.

Il n'avait plus rien de la fraîcheur de brugnon qui plaisait tant à Jérémie, le teint blême, l'air épuisé, les yeux bouffis et battus. Ils prirent place de part et d'autre d'une table recouverte d'une toile cirée douteuse. Vincent avait prévu d'attaquer droit au but.

— Bien entendu, vous étiez au courant du trafic auquel se livrait Jérémie ?

L'autre haussa les épaules, le regard fuyant :

— Il m'en avait vaguement parlé.

— Vaguement ! Seulement vaguement ? Pourtant, il vous est arrivé d'assurer – comment dire ? – la livraison…

— Je savais qu'il faisait, de temps en temps, des choses pas très catholiques. Je rendais service, c'est tout. J'aime bien conduire et puis, ça me faisait des petits voyages, tous frais payés. Mais pour le reste… moi, toutes ces histoires d'ossements, de cailloux, de poteries ébréchées, c'est pas mon truc.

C'était vraisemblable. Lorsqu'on le considérait de près, quelque chose d'avachi dans l'expression, de vulgaire dans la façon de parler gâchait son physique de play-boy.

Vincent tenta de jouer cartes sur table :

— Écoutez-moi, je n'ai aucunement l'intention d'aller dénoncer qui que ce soit à la police. Sinon, ce serait déjà fait. Ce qui m'intéresse c'est ce qui donne du piquant à mon reportage, l'aide aux femmes en difficulté, utilisée comme filière d'un trafic de monnaies anciennes. Jérémie O'Neill devait m'indiquer d'où provenaient ces monnaies…

— Mais j'en sais rien…

Ils levèrent la tête en même temps, prêtant l'oreille à un choc léger au plafond.

Vincent se retourna. Par une porte entrebâillée, on plongeait dans la pièce voisine d'où partait une échelle de meunier. Il aurait juré que quelqu'un avait bougé au-dessus d'eux.

— C'est encore ce foutu chat, dit Quentin, il chasse au grenier.

Il se leva pour marquer la fin de l'entrevue.

— Pour les monnaies, je sais rien, je vous dis. Il n'en parlait pas, même à moi, il disait qu'il fallait pas ébruiter…

Vincent essaya une dernière cartouche :

— Je vois, soupira-t-il, faussement résigné Je vais quand même essayer d'interroger, discrètement, les gens avec qui il avait affaire au quotidien. Parfois, sans s'en rendre compte, on lâche des petits détails intéressants à des gens dont on ne se méfie pas.

— Quels gens ?

Quentin était revenu vers la table.

— Je ne sais pas trop, dit Vincent, le jardinier peut-être…

Il épiait son interlocuteur.

— La femme de ménage ou encore le type qui s'occupe de son bateau…

— Fanch, coupa Quentin. Un poivrot ! À partir de midi, il ne sait plus ce qu'il raconte.

Touché ! Enfin une réaction…

Vincent se leva à son tour.

— Si vous le dites… Au fait, savez-vous si, après le cambriolage, on a constaté des disparitions dans les vitrines ? Jérémie possédait de belles collections de vestiges historiques et préhistoriques…

— J'ai pas entendu parler de ça, dit Quentin. Vous pensez, ces vieilleries, ça n'intéresse pas les cambrioleurs…

XXVI

Tout le monde connaissait Fanch. Il avait suffi à Vincent d'aller, ainsi qu'on le lui avait conseillé, faire un tour du côté de Port en Drô pour rencontrer l'homme à la casquette de marin et pour faire avec lui « un bout de causette autour d'un apéro », comme il disait.

— Comme ça, vous êtes journaliste ?

— Et je devais faire une série d'articles sur les collections de Jérémie O'Neill.

— Quelle perte quand même, soupira Fanch !

— On devait se rencontrer. Il m'aurait parlé de ses recherches...

Le patron du bistrot s'approcha et fit briller la table d'un vigoureux coup de torchon.

— Qu'est-ce que je vous sers ?

— Comme d'habitude, dit Fanch.

Vincent commanda un Perrier-citron et revint à ses moutons :

— ...De ses recherches personnelles... Il pensait qu'on était très loin d'avoir épuisé les possibilités de faire des découvertes... Il envisageait de nouvelles fouilles... Il possédait tellement son sujet...

Fanch opinait de la tête, gravement.

— Ça, on peut dire qu'il en savait des choses ! Il connaissait la région par cœur.

— Quels étaient ses sites favoris ?

— Oh, je ne pourrais pas vous dire. Au début, il parcourait les alentours, toutes les pierres levées, le moindre dolmen. Depuis un an, il s'était pris de passion pour le Golfe.

— Le Golfe du Morbihan ?

— Eh bien oui, dit Fanch, pour qui, à l'évidence, il n'y en avait qu'un. Et même, je vais vous dire, il ne sortait presque plus avec son bateau à lui. Une belle bête, pourtant, qu'il avait payée les yeux de la tête, pour faire plaisir à son neveu. Il disait que la voile, ici, dans la baie, c'est monotone.

Vincent écoutait attentivement. Il fit signe au patron d'apporter une autre tournée. Fanch avait ôté sa casquette dont il tripotait pensivement la visière.

— Figurez-vous, continua-t-il que, dernièrement, il avait même loué un autre bateau, à Locmariaquer. Il ne me l'a jamais dit, pour ne pas me faire de la peine, mais je l'ai su. Un Bénéteau 351. Et il paraît qu'il ne se lassait pas de caboter dans le Golfe. Remarquez, c'est un bon bateau, le 351, mais quand même, à côté de ce qu'il avait ici…

Les verres étaient vides. Vincent fit un nouveau signe au patron. Fanch s'animait de plus en plus :

— Faut dire qu'il en connaissait un rayon sur le Golfe ! Vous savez qu'ici, autrefois, la tribu gauloise des Vénètes, c'étaient les meilleurs marins de l'Armorique ? Ils ont même tenu tête aux Romains quand ils ont voulu nous envahir. Les Vénètes ont été vaincus mais c'est à cause du vent qui est tombé. C'est

Jérémie qui m'a raconté tout ça. Je l'aurais écouté pendant des heures ! Et le trésor des Vénètes, des amphores – les amphores, ce sont des espèces de jattes si vous voulez – pleines de bijoux, de pièces en or. Les Vénètes ont essayé de le ramener à l'intérieur du Golfe, pour le planquer. Vous savez ce qu'il est devenu leur trésor ?

Vincent respirait plus vite.

— Eh bien, dit Fanch en tapant du poing sur la table, ce sont ces salauds de Romains qui s'en sont emparés ! Remarquez, poursuivit-il, il y a une justice. Il paraît que leurs galères ont sombré avant qu'ils aient pu franchir le goulet. C'est pas de la rigolade, le goulet ! Le courant de la Jument, vous en avez entendu parler ?

Vincent fit oui de la tête, à tout hasard, soucieux de ne pas l'interrompre. Fanch remit sa casquette.

— Alors, vous comprenez, dit-il, soudain rêveur, chaque crique, chaque îlot du Golfe, ça lui parlait. Il savait ce qui s'y était passé. Les derniers temps, quand il venait ici, il passait son temps sur le Golfe. Il avait même acheté un Zodiac pour que Quentin puisse faire de la plongée sous-marine.

— Quentin l'accompagnait, demanda Vincent ?

— Ils ne sortaient jamais l'un sans l'autre.

Fanch, plus rubicond que jamais, regarda l'horloge du bar.

— Une heure et demie. Je n'ai pas vu le temps passer. Il faut que j'y aille.

Il s'était levé et s'évertuait à fouiller dans sa poche.

— Laissez, dit Vincent, c'est pour moi.

Fanch rajusta sa casquette.

— Alors, merci. À charge de revanche ! On remet ça quand vous voulez. Cela m'a fait du bien de parler de ce pauvre Jérémie !

L'estomac bloqué par trois Perrier-citron, Vincent était incapable de manger quoi que ce fût. Il ne ressentait que le besoin de marcher, de faire le point. Tournant le dos à Port en Drô, il s'achemina vers l'hôtel. Une phrase de Jérémie lui revenait : « Où je vais vous emmener, le vent soufflera fort. » Sur le moment, cela ne lui était pas venu à l'esprit, mais maintenant, c'était clair. Après avoir essayé de l'aiguiller sur une fausse piste, vers les alignements, sur la terre ferme, Jérémie, acculé à jouer franc jeu, se disposait à lui faire faire un tour en mer. Il descendit sur la plage et continua à marcher, jouant, comme un gamin, à patauger dans les flaques irisées que la marée descendante avait laissées sur le sable. « Quant à Quentin Le Trez, il a bien failli me berner lui aussi. Il me sentait méfiant, il a essayé de m'endormir en jouant l'idiot. Toutes ces "vieilleries" comme il dit, ça n'est pas "son truc". Tu parles ! C'est tellement "son truc" qu'il ne lâchait pas Jérémie. Avec lui, à chaque sortie. » Il s'arrêta pour regarder le large… La lumière tournait. Le soleil, invisible dans le ciel cotonneux, commençait à dessiner la ligne longue et plate de la presqu'île de Quiberon. En mer… Pas celle-ci, l'autre. Jérémie l'aurait emmené sur le Golfe, la "petite mer", le "Morbihan". Le "trésor" de Jérémie… Donc

Quentin pouvait supprimer Jérémie. Il n'en avait plus besoin. Il savait où se trouvait la poule aux œufs d'or, le "trésor des Vénètes"…

Il reprit sa marche, hâtant le pas vers l'hôtel. Durant toute l'après-midi, Vincent harcela son monde.

Margot qu'il parvint à joindre chez le coiffeur :

— César ? Celui qui broyait les voitures ?

— Je te parle d'un consul romain !

Le secrétariat de la rédaction :

— César ? C'est quelle époque au juste ?

— 56 avant Jésus-Christ !

L'assistante de Denis Durandel était venue à l'appareil pour lui demander s'il n'était pas tombé sur la tête.

Jean-Luc, en pleine séance de rééducation :

— La Guerre des Gaules ? Le Livre III ? Je vais essayer… Tu es sûr que cela fait partie du sujet ?

Vincent négligea de répondre.

— Et aussi, si tu peux, les coordonnées de l'officier de police que tu connaissais à Vannes, tu te rappelles ?

— Gilbert ?

— Oui, c'est cela, Gilbert.

— Mais il y a longtemps que je ne lui ai pas fait signe. Je sais qu'il a pris sa retraite…

— Ça ne fait rien.

— C'est tout ? fit Jean-Luc.

— Pour le moment, oui.

Mais, sur le coup de six heures, il avait obtenu ce qu'il voulait. D'abord le numéro de téléphone de Gilbert qui l'accueillit aimablement :

— Vous êtes le copain de Jean-Luc Ménand ? Bien sûr que je me souviens de vous. Vous êtes à Carnac ? Et en quoi puis-je vous être utile ?

Vincent s'efforça de noyer le poisson : le crime de Carnac... La notoriété de la victime... cela pouvait intéresser le public et au cas où il y aurait un suspect à l'horizon...

— Je vois dit Gilbert en riant, vous n'avez rien à vous mettre sous la dent. Moi, Jean-Luc a dû vous le dire, j'ai dételé mais j'ai toujours mes petites entrées dans la maison. Rappelez-moi demain. Je verrai ce que j'aurai pu glaner.

Puis Vincent se plongea avec attendrissement dans les feuillets télécopiés qui venaient de lui parvenir : La Guerre des Gaules, Livre III. Cela le ramenait à ses années de lycée. « *Ce peuple est de beaucoup le plus puissant de toute cette région maritime. Il possède la flotte la plus importante... il surpasse les autres par sa science et son expérience de la navigation...* »

Lorsqu'il en vint au récit du combat, il s'amusa à traduire lui-même des bribes du texte latin « *Ac jam conversis in eam partem navibus quo ventus ferebat* » :

— J'ai presque tout oublié...

Il revint à la traduction « *Déjà leurs navires prenaient la risée lorsque le vent tomba...* » L'ennui, c'est que les notes signalaient trois sites possibles pour le combat et rien ne mentionnait l'existence d'un quelconque trésor...

Il descendit à l'accueil.

— Ce Fanch, vous savez comment il s'appelle ? Rodier ? Rondier ? Roulier ?... Non, ne vous ne donnez pas cette peine. Je vais chercher moi-même.

Il appela Fanch :

— Quand Jérémie sortait avec son bateau de location, vous savez de quel côté il allait ?

— Non, mais je peux me renseigner. Je téléphone au propriétaire, dès demain matin.

— Si vous pouviez faire cela ce soir... C'est pressé.

— Au fait, dit Fanch, vous savez qui est venu me voir cet après-midi ?

— Non, dit Vincent.

— Quentin Le Trez. Lui aussi, il avait envie de parler. Il s'en remet pas de cette histoire. Je lui ai dit qu'on avait pris un verre ensemble, qu'on avait parlé de Jérémie, de leurs sorties en mer, ça a eu l'air de lui faire plaisir. Il vous trouve sympathique.

Il n'était pas huit heures, mais l'estomac de Vincent criait famine. « Pas étonnant, je n'ai rien mangé depuis mon petit-déjeuner. »

Vincent dîna rapidement au restaurant de l'hôtel et sortit faire un tour avant de se coucher avec le polar qu'il n'avait pas encore ouvert. Dehors, c'était de nouveau le crachin, à la fois dense et si léger qu'on le sentait à peine tomber sur le visage. Les réverbères noyés dans une poussière d'eau éclairaient à peine les longues avenues, désertes à perte de vue. Vincent marchait, longeant des jardins au fond desquels on devinait des maison aux volets clos. L'humidité le fit frissonner. Il fit demi-tour. Au moment où il traversait l'avenue des Druides pour rejoindre la rue des Arbousiers, une voiture qu'il n'avait pas entendue arriver accéléra follement. Il n'eut que le temps de se précipiter sur le trottoir où il trébucha, s'étalant de tout son long dans le caniveau. Quelques secondes pour se relever et voir la voiture s'éloigner, tous feux éteints.

— Encore un des ces cinglés de chauffard ! J'ai eu de la chance… Si j'étais tombé au milieu de la rue, j'y passais !

Il était à peine de retour dans sa chambre que Fanch rappelait :

— Pour les balades en bateau, Jérémie et Quentin allaient presque toujours au même endroit, un joli coin d'où on a une belle vue. Quand ils ne pouvaient pas jeter l'ancre, ils mettaient le Zodiac à l'eau pour Quentin. Il est fou de plongée sous-marine.

— Comment s'appelle cet endroit ?

— La pointe de Kerpenhir.

— Et le nom du bateau ?

— La Belle de Carnac.

XXVII

La sonnerie du radio-réveil dans le noir. Après une nuit blanche. Alors qu'il s'était enfin rendormi !

— Et les infos avant que j'aie pris mon petit-déjeuner… L'horreur !

Trop fatigué, trop engourdi pour trouver le bouton, le bon, celui qui aurait rétabli le silence, Vincent dut subir le flot de nouvelles tombées sur les téléscripteurs pendant la nuit. La moitié de la Nouvelle-Zélande privée de courant électrique…

— On s'en fout, de la Nouvelle-Zélande !

À force de tâtonner, il mit le doigt sur l'interrupteur et la lumière fut. Couper la radio. Ouvrir les rideaux, la fenêtre. Et ce qu'il avait appris la veille refit surface : « "La Belle de Carnac", le nom d'un bateau. Il se souvint du portable trouvé dans la voiture et du message qui l'avait mis hors de lui : « Et pour la livraison, "La Belle de Carnac", comme d'habitude. »

— Et moi qui soupçonnais Charlotte ! Elle disait vrai, elle ignorait tout de ce trafic.

C'était une nouvelle rassurante, cela. Alors, pourquoi avait-il si mal dormi ? Il trouva la réponse lorsque, devant la fenêtre ouverte, il aspira une bouffée d'air du large : « Aïe, mes côtes ! J'espère que je ne me suis rien cassé… » Une partie de la nuit, l'incident, – mais, à la réflexion, on pouvait se demander si c'était vraiment un incident – l'avait tenu éveillé.

« Imprudence de chauffard ou est-ce qu'on aurait tenté de me… Si c'est cela, c'est que je gêne quelqu'un. Qui ? »

Avant même que la question fût posée, la réponse s'imposait, évidente : Quentin. Et la logique des faits constituait un scénario tout à fait plausible.

« Jérémie était sur le point de m'emmener sur le site de la pêche miraculeuse. Quentin le tue avant qu'il ait pu parler. Quentin apprend que j'ai questionné Fanch. Il sait que je suis sur la piste… Tout se tient. Cette voiture que je n'ai pas entendue et qui, brusquement, me fonce dessus… »

Il renonça au buffet de la salle à manger et se fit servir son petit-déjeuner dans la chambre afin de ne pas rater Gilbert si celui-ci l'appelait plus tôt que prévu. Ce fut Jean-Luc qui appela le premier :

— Tu as pris les infos ?

— J'ai coupé, j'avais raté le début.

— Eh bien, écoute le flash de neuf heures. Ça bouge dans l'affaire Backermann.

Mais Vincent n'avait en tête que les événements de la veille, sa chute, la chance qu'il avait eue de ne pas passer sous les roues de la voiture, ses soupçons… Avec Jean-Luc, les explications étaient superflues. Depuis le temps qu'ils travaillaient ensemble ! Comme d'habitude, Jean-Luc réagit au quart de tour :

— Tu veux mon avis ? Laisse tomber. Cela devient dangereux.

— C'est également mon opinion.

— Et puis, continua Jean-Luc, ce petit escroc, on n'en a rien à faire. Laisse cela aux copains qui font les faits divers. Denis n'ose pas vraiment te le dire, après le scoop que tu as obtenu, mais ce trafic de vestiges gaulois, ça ne fait pas partie du sujet, ça brouille le message... D'ailleurs, il va t'appeler.

Au flash de neuf heures, on ne faisait état que de « rumeurs de remaniement dans l'équipe gouvernementale ».

La vraie nouvelle vint, cinq minutes plus tard de Denis Durandel :

— Tu es au courant ?

— Les "rumeurs de remaniement" ?

— Mieux que cela... susurra Denis, Backermann est viré. On vient de recevoir le communiqué qu'il a envoyé à l'AFP... La sauce habituelle : « Georges Backermann a présenté sa démission qui a été acceptée. » Tu sais qu'après ton sujet, le standard croulait sous les appels. Et attends – il y avait de la délectation dans la voix de Denis – il paraît que Backermann veut nous attaquer en diffamation ! Ça va barder. Tu comprends bien qu'il nous faut une suite. Une deuxième interview de Christine, tu peux nous avoir ça ? Ils vont s'étriper sur notre antenne...

— Des charognards, voilà ce que nous sommes...

— Que veux-tu... dit Denis, philosophe, c'est le métier. Tu as toujours ton contact à Genève ?

Genève… Charlotte…

— Quand peux-tu partir ?

— Ce soir, dit Vincent.

Gilbert appela en fin de matinée :

— On peut se voir ?

— Vous avez du nouveau, demanda Vincent ?

— Si on veut, mais j'aime autant vous raconter cela de vive voix.

— Je comprends… À la Lanterne à midi ?

Vincent arriva en avance mais Gilbert était déjà là qui l'attendait. Il avait vieilli mais il avait toujours son air bourru et son sourire.

— Voilà ce que j'ai pu obtenir…

Dans les informations que Gilbert avait recueillies, certaines étaient déjà connues de Vincent : la soirée au Socrate, offerte par Jérémie O'Neill en l'honneur de Quentin Le Trez qui venait de remporter un concours de plongée. La soirée avait été très arrosée et s'était prolongée tard, jusque vers six heures du matin, sauf pour Jérémie O'Neill qui était rentré chez lui peu après minuit.

— L'autopsie n'est pas terminée, dit Gilbert, mais on peut déjà dire que la mort est intervenue entre une heure et quatre heures du matin.

— On a interrogé les invités de cette soirée ?

— Bien entendu, répondit Gilbert. Un par un. C'est le milieu gay des environs. On les connaît tous. Des gens sur lesquels il n'y a rien à dire. Personne ne s'est absenté. La soirée s'est déroulée normalement.

Vincent respira. Ce que disait Gilbert confirmait

ce qu'il espérait : Nino, le disc-jockey n'avait même pas mentionné son intrusion dans la boîte de nuit. Ce qui expliquait que les enquêteurs ne l'aient même pas convoqué. Pas d'explications à donner, pas de complications.

Il avait donc les coudées franches pour “laisser tomber”, comme le lui conseillait Jean-Luc ou... pour mener sa propre enquête.

— Et ce neveu de Jérémie O'Neill ? dit Vincent négligemment, on n'en dit pas que du bien. Il paraît qu'il va hériter de son oncle...

— Son oncle ! Gilbert se mit à rire. C'est vrai qu'il le faisait passer pour son neveu ; ça n'est pas bien méchant et personne n'était dupe. Mes collègues m'ont confirmé ce qui est sorti dans la presse, d'ailleurs. Quentin Le Trez a été longuement, très longuement interrogé. Il a, comme les autres, un alibi inattaquable. Il n'a pas quitté le Socrate. Il est parti, l'un des derniers, vers six heures trente du matin et, comme il avait beaucoup bu, on l'a empêché de reprendre sa voiture. Deux de ses copains l'ont ramené chez eux. Cela a été confirmé par plusieurs témoins dont les parents des copains en question. Et tout ce petit monde-là a roupillé jusque tard dans l'après-midi. À ce moment-là, il y avait déjà belle lurette que Jérémie O'Neill était mort.

Gilbert sortit sa pipe :

— Cela ne vous dérange pas ?

Il bourra soigneusement le tabac, le tapota de l'index dans le fourneau et alluma.

— Non, ne vous accrochez pas à cette piste-là. Quentin Le Trez a un alibi… et puis, vous savez comment Jérémie O'Neill a été tué ? Il avait le crâne fracassé, le visage écrasé par endroits. Le beau "neveu" n'a rien d'un tueur. Ceux qui le connaissent le décrivent comme un paresseux, une chiffe molle, un de ces petits branleurs qui ne tiennent même pas l'alcool. Et, entre nous, quel intérêt aurait-il eu à zigouiller Jérémie O'Neill qui l'entretenait à ne rien faire ?

XXVIII

Après le crachin de Carnac, ce n'était pas désagréable de retrouver le soleil – glacial, il est vrai – de Genève. On avait fait la réservation dans le même hôtel mais – et on s'en était excusé à l'accueil – on n'avait pas pu lui donner un chambre avec vue sur le lac…

— Nous n'avons été prévenus qu'hier après-midi…

— Cela ira très bien comme cela, dit Vincent.

De toute façon, il n'avait pas l'intention de s'attarder dans sa chambre. D'abord une douche, cela s'imposait après une nuit en train. Ensuite appeler Charlotte et l'inviter à déjeuner ou à dîner ou, mieux, à déjeuner et à dîner.

— D'ailleurs, pourquoi ne pas commencer par là ? La journée débute tôt ici. Elle est peut-être déjà à son bureau.

À la surprise de Vincent, on lui passa Charlotte directement.

Il s'embrouilla un peu dans des explications inutiles, intimidé, parce qu'elle était là tout près, parce qu'il allait la revoir… Déjeuner ? Non, elle ne pouvait pas.

— Pour le dîner alors ? J'ai besoin que vous me ménagiez une autre entrevue avec Christine Backermann… Est-ce que votre amie Estelle…

Elle coupa sèchement :

— Ne parlez pas de cela au téléphone.

— Vous voyez bien qu'il faut qu'on se voie le plus vite possible !

— Je ne pourrai pas me libérer avant dix-neuf heures trente.

— Je retiens une table pour vingt heures ?

— Disons vingt heures trente.

— Je passe vous prendre chez vous ?

— Si vous voulez.

La perspective de retrouver Charlotte, de préparer les questions – choc, hein ? du saignant ! avait dit Denis Durandel lorsqu'il l'avait appelé dans le train – tout cela ne parvenait pas à effacer le souvenir du meurtre de Carnac.

Il revoyait Jérémie, son sourire ironique, l'élégance avec laquelle il jouait les maîtres de maison dans son salon-foutoir.

« La vérité, pensa Vincent, c'est que je le trouvais sympathique, peut-être justement, parce qu'il avait l'audace de s'aventurer parfois hors des sentiers battus de la légalité. Comment un homme comme lui a-t-il pu s'acoquiner avec cette petite frappe de Quentin. Celui-là… »

Il avait un alibi, certes, un alibi presque trop parfait. Et Vincent se souvenait de l'étrange impression ressentie lorsqu'il avait surpris Quentin Le Trez chez lui, l'impression que quelqu'un d'autre était là, à les écouter.

— J'ai dit que je laissais tomber. Élucider les crimes, ce n'est pas mon métier.

En fin de matinée, Vincent sortit. Il erra autour de la rue de la Corraterie, en principe pour trouver un restaurant, en réalité avec le secret espoir de rencontrer Charlotte qui devait déjeuner dans le quartier. Il poussa jusqu'à la promenade des Bastions. De là, on pouvait apercevoir, au-dessus de la Treille, les façades ensoleillées de la rue des Granges. Il essaya de deviner quelles étaient les fenêtres de l'appartement de Charlotte. L'attente serait longue jusqu'au soir. Il revint sur ses pas. Désœuvré, traînant son impatience dans les rues basses, se demandant, puisqu'il avait du temps à perdre, s'il ne retournerait pas au Petit-Lancy, à la boutique de Salvatori, voir de près à quoi ressemblait le dernier maillon de la chaîne.

— Salvatori… Mais, bon Dieu, comment n'y ai-je pas pensé plus tôt ?

L'hôtel était tout près. Il monta à sa chambre, appela Charlotte.

— Madame Nolac est…

— En rendez-vous toute la journée, oui je sais ! hurla Vincent. Mais passez-la-moi quand même !

La voix de la secrétaire était d'une suavité exaspérée lorsqu'elle répondit qu'elle allait voir si on pouvait déranger madame Nolac… En un instant, Charlotte était en ligne :

— Que se passe-t-il ?

— Salvatori… vous m'avez bien dit qu'il s'était absenté ?

— Oui, il était à Rome chez sa mère. Il y va régulièrement.

— Vous avez les moyens de vérifier ? Vous la connaissez sa mère ?

— À peine et je…

— Appelez-la. Faites-le tout de suite, je vous en prie !

Vincent avait dû faire passer sa fébrilité car il ne s'écoula pas plus de cinq minutes que Charlotte rappelait, avec une drôle de voix :

— Je viens d'avoir madame Salvatori. Elle n'a pas vu son fils depuis deux mois…

XXIX

En taxi, il ne fallait pas plus d'un quart d'heure pour arriver au Petit-Lancy.

Quand il y arriva, Vincent ne savait pas au juste vers quoi il allait et il n'avait pas la moindre idée de la façon dont il allait s'y prendre. La seule chose qu'il avait à l'esprit, en franchissant le seuil de la boutique, c'était le conseil de Jean-Luc : « Laisse tomber, cela devient dangereux. »

L'homme qui se leva à son entrée n'avait, en apparence tout au moins, rien que de tout à fait ordinaire.

Vincent l'avait à peine entrevu le soir où il avait repéré le magasin, suffisamment, toutefois pour le reconnaître : Salvatori, à n'en pas douter. De près, il paraissait moins jeune, la quarantaine bien sonnée, cheveux bruns, regard intelligent.

— J'ai sur lui un avantage, pensa Vincent, moi je sais qui il est, tandis que lui, il ne m'a jamais vu.

La boutique, exiguë, était garnie d'étagères dont Vincent se mit à examiner le contenu d'un air qui se voulait connaisseur.

Salvatori le laissa déambuler à sa guise avant d'intervenir :

— Puis-je vous aider ?

— Oh, dit Vincent, vous avez de belles choses en vitrine et je suis entré par pure curiosité. Je ne suis pas acheteur, pas aujourd'hui en tout cas.

— Mais cela n'empêche pas que nous regardions ensemble ce qui pourrait vous plaire, une autre fois. À quel genre vous intéressez-vous ?

— Eh bien, dit Vincent, je collectionne les monnaies romaines. Ce n'est pas très original...

— Ce sont des valeurs sûres, dit Salvatori aimablement. J'ai des lots de première qualité cependant il m'arrive de négocier à l'unité.

Il ouvrit une vitrine et étala un assortiment de pièces, toutes représentant des profils de consuls, d'empereurs. Vincent croyait entendre la voix de Jérémie « Nos ancêtres les Gaulois avaient beaucoup plus d'imagination... »

— En fait, dit-il, plus qu'à la provenance, je m'intéresse à une période.

— Laquelle ?

— Disons un siècle... un demi-siècle avant JC. Et pour cette époque-là, je suis éclectique, je collectionne aussi bien des spécimens romains que grecs. Depuis peu, je m'intéresse aussi aux monnaies germaniques ou même gauloises. C'est vous dire...

Il avait lâché le mot aussi naturellement que possible, tout en feignant d'examiner attentivement les pièces, évitant le regard qu'il sentait peser sur lui.

— Ce sont des pièces assez rares, dit Salvatori. Sauf chez les numismates spécialisés dans ce genre de marchandise. Ce qui n'est pas mon cas.

Le ton était neutre et pouvait signifier une fin de non-recevoir.

— Il se méfie, pensa Vincent.

Il fallait renouer le fil. Vincent, qui n'avait rien oublié de sa conversation avec Jérémie, avait de quoi rebondir et passer pour un amateur averti.

— Je sais, dit-il. Et je ne me pardonne pas – il laissa échapper un soupir – d'avoir raté une vente exceptionnelle, une collection surréaliste, c'est le cas de le dire…

— La collection d'André Breton ?

Le poisson était ferré. À partir de là, on pouvait commencer à parler gros sous. C'était sûrement un sujet qui ne laissait pas son interlocuteur indifférent. Vincent enchaîna sur les ventes à l'Hôtel Drouot, le goût des collectionneurs qui évoluait, les prix des monnaies celtes qui flambaient… Insensiblement, Salvatori avait rouvert des vitrines. Il en sortait des pièces différentes : contours irréguliers, motifs géométriques ou vaguement figuratifs. En matière de numismatique, la science de Vincent était sommaire et toute récente. Il lui semblait cependant que ce que Salvatori lui montrait à présent était des monnaies gauloises. C'était le moment de jouer serré et de prendre garde à ne pas commettre d'impair.

— Vous êtes Parisien ? s'enquit Salvatori.

— Lyonnais, répondit Vincent. Mais je monte souvent à Paris et, quand je trouve un exemplaire de qualité, même au prix fort, je résiste rarement. Chacun ses passions…

Salvatori sembla hésiter, puis il se décida. D'un bureau à peine visible dans la pénombre du fond de la boutique, il sortit un écrin et en répandit le contenu sur le velours rouge qui recouvrait le comptoir.

— J'ai là un lot tout à fait exceptionnel, dit-il. Des statères des tribus gauloises d'Armorique.

Du doigt il faisait glisser les pièces, pour en faire jouer l'éclat.

— Voyez… par rapport aux monnaies antiques, les contours sont plus irréguliers, baroques même, mais quelle fantaisie dans les motifs ! Ces portraits disloqués, éclatés… c'est vraiment du surréalisme avant la lettre et on comprend qu'André Breton…

Soudain, Vincent tressaillit intérieurement : il venait de repérer un statère qu'il aurait reconnu entre mille, le cheval à l'oiseau.

Il revit Jérémie faisant amoureusement jouer la pièce dans sa paume… Il l'entendait murmurer : « Un cheval mené par un oiseau, vous vous rendez compte comme c'est poétique ! »

Vincent avait maintenant une certitude : l'homme qui se tenait en face de lui était l'assassin de Jérémie. Il dut faire un effort considérable pour ne rien laisser paraître de son émotion, pour ne pas laisser son regard s'attarder plus qu'il ne fallait sur la pièce à l'éclat magique, pour paraître examiner les autres statères, pour demander les prix, pour soupirer aussi naturellement que possible que c'était quand même hors de ses moyens.

— Vous parlez en francs suisses bien entendu ?

— Bien entendu, répondit Salvatori, mais un prix, ce n'est jamais figé, on peut...

Pour couper court, Vincent se fit donner une carte, dit qu'il rentrait le soir même à Lyon, qu'il allait réfléchir. L'atmosphère de la boutique commençait à lui devenir insupportable. Avait-il trop montré sa hâte de quitter les lieux ou n'était-ce, simplement, que de la déception devant ce client qui s'était attardé sans rien acheter ? Il sembla à Vincent que Salvatori, en l'accompagnant vers la porte, le considérait d'un air différent, comme quelqu'un qui, brusquement, se tient sur ses gardes.

XXX

Il fallait joindre Charlotte au plus vite. L'informer de ce qu'il venait de découvrir. L'avertir aussi.

« Ce type-là n'a pas hésité à tuer. Il est capable de tout. Rentrer à l'hôtel ? Non. Trop long. »

Il marchait vite, pressé de quitter le secteur du Petit-Lancy et de se mettre à l'abri d'une possible filature. Il appela d'un téléphone public.

— Je voudrais parler à madame Nolac…

La secrétaire, ayant sans doute dépassé le stade de l'exaspération, se contenta d'une remarque probablement ironique :

— C'est urgent, je suppose…

— Très urgent.

Au bout du fil, Charlotte était pressée. Il sembla à Vincent qu'elle ne prêtait pas une grande attention à son récit : la visite à la boutique de Salvatori, les précautions qu'il avait prises pour se faire passer pour un client, pour se faire montrer des monnaies gauloises…

— J'ai très peu de temps, dites-moi l'essentiel.

— L'essentiel ? Je sais maintenant qui a tué Jérémie… C'est Salvatori.

Un silence au bout du fil, et puis :

— C'est impossible, dit Charlotte. Il suffit de tirer au clair cette histoire de voyage à Rome. Pourquoi imaginer qu'il était à Carnac ? Je suis sûre qu'il y a une explication. D'ailleurs, il a très bien pu aller à Rome sans aller voir sa mère…

Il entreprit de la persuader. Il raconta la nuit où Jérémie lui avait montré son "trésor" dont il affirmait ne pas vouloir se séparer, ce statère exceptionnel qui en était le joyau et qui se trouvait déjà entre les mains de Salvatori…

— Vous en êtes sûr ?

— Absolument sûr. Tout le monde pense qu'on n'a rien dérobé des collections de Jérémie, tout simplement parce que les fragments d'outils, de poteries ne représentaient aucune valeur marchande. Et si les vêtements, l'argenterie, les ordinateurs ont disparu, c'était pour égarer les enquêteurs sur une fausse piste, pour faire croire que le coup était le fait de cambrioleurs ordinaires.

— Je vais appeler Salvatori, dit Charlotte.

— Surtout pas, s'écria Vincent ! Il ne faut surtout pas l'alerter !

— Mais alors, que faire ?

— Rien. Ne rien faire, c'est ce qu'il y a de plus prudent. Nous allons en parler ce soir et nous prendrons une décision Mais pour le moment, je vous en supplie, ne bougez pas et n'oubliez pas, cet homme est dangereux !

Il raccrocha, pas du tout rassuré, pas du tout certain d'avoir réussi à convaincre Charlotte.

*

Coup d'œil à la montre. Pour la quatrième fois en cinq minutes.

— Un peu plus de vingt heures. Encore trop tôt pour aller sonner chez elle.

Genève, noyée sous une pluie lourde, à mi-chemin de la neige, offre son visage le plus rébarbatif. Soirée glaciale.

Un tram s'arrête, déversant son flot de voyageurs qui se dispersent en un clin d'œil. La rue de la Confédération s'est vidée et Vincent se retrouve, en train de patauger, sur le trottoir, dans les éclaboussures glacées que font jaillir les derniers passants, pressés de rentrer chez eux. On les comprend.

Il pressa le pas pour se réchauffer et atteignit l'angle du Perron. L'ombre de Calvin planait sur la vieille ville : rues désertes, façades hostiles. Il frissonna, saisi par le froid et en proie à une sourde appréhension.

Cela arriva alors qu'il avait gravi les premières marches. Un bruit sec. Et ce sifflement tout près, à quelques centimètres de la tête. Un mouvement instinctif pour se baisser et une ou deux secondes de stupeur, le temps de réaliser ce qui vient de se passer. Il se redressa. Il était seul. Surtout ne pas rester là. Il bondit à grandes enjambées et s'arrêta net. Un second coup de feu.

Cette fois, il avait vu la flamme partir d'en haut. On lui tirait dessus du haut de l'escalier. Il dévala les marches, se retrouva dans la rue, rebroussa chemin et s'engouffra dans Confédération Center : de la lumière, une terrasse de restaurant. En sûreté pour quelques instants… Réfléchir, mais vite !

« Il m'a raté, il va recommencer. Il ? Salvatori, bien sûr. Il sait où je vais. Il veut m'avoir et après, ce sera le tour de Charlotte. Le prendre de vitesse… Il ne se doute pas que je connais la ville, l'ascenseur urbain. Avec l'ascenseur, je suis en haut, du côté du Grand Mézel, en quelques instants… »

Il appuya sur le bouton. Les portes de l'ascenseur s'ouvrirent. À peine était-il entré qu'il se rendit compte de son inconscience. Seul dans cette cage, éclairée dans la nuit…

« On peut me canarder comme on veut… »

L'ascension lui parut une éternité. Et, lorsqu'il déboucha sur la place de la Tour de Boël, ce fut bien pis. Pas un chat. Dans la rue de la Cité totalement déserte, il était une cible idéale. La peur lui tordait le ventre. Il s'élança et s'arrêta, effrayé par le bruit de sa course. Et pourtant, il était tout près.

— C'est trop bête ! Avec un peu de chance…

Il continua à avancer de quelques mètres. À chaque fois, il s'arrêtait loin du halo des réverbères pour inspecter les alentours. Chaque trou d'ombre pouvait être un piège mortel.

Tout à coup, la chance arriva sous la forme d'un couple de passants, en arrêt devant la vitrine d'un magasin d'antiquités. Il courut vers eux, demanda son chemin, prétextant qu'il était égaré. Il insista pour qu'on l'accompagne rue du Cheval Blanc jusqu'à l'angle de la rue des Granges et, tandis que les passants s'éloignaient, il se rua sur la sonnette du vingt-six. Au bout de quelques secondes qui lui semblèrent interminables, il entendit la voix de Charlotte :

— Composez le code…

C'était vrai, elle lui avait donné le code, il avait noté cela quelque part… Il fouilla, ne trouva rien, sonna encore de toutes ses forces, entendit Charlotte, de nouveau :

— Mais composez le code…

— Ouvrez-moi, cria-t-il. Faites vite, vite !

« Mais qu'est-ce qu'elle fait ? »

Et une horrible pensée lui vint :

« Si c'était elle qui m'avait tiré dessus… elle aurait eu le temps de rentrer. Elle me fait patienter… le temps de cacher l'arme, de se laver les mains à cause de l'odeur de la poudre… »

Il se traita de fou et essaya de retrouver son calme. La porte s'ouvrit, claqua derrière lui. Il monta lentement parce qu'il se sentait le souffle court.

Charlotte nouait encore les cordons de son peignoir lorsqu'elle vint ouvrir.

— Je vous avais donné le code, pourquoi n'avez-vous pas…

Vincent la regardait intensément : ainsi vêtue, elle n'avait plus son air de femme d'affaires.

Il nota machinalement que le peignoir était rose, que le rose lui allait bien…

— On vient de me tirer dessus, à deux reprises.

— Qui ?

— Mais votre ami Salvatori.

La réponse jaillit :

— C'est impossible !

Elle restait interdite, si belle que Vincent se demanda comment il avait pu la soupçonner, ne fût-ce qu'un instant.

— J'ai même pensé que c'était peut-être vous, dit-il en riant. On me guettait du haut de l'escalier. Pan ! Pan ! Un peu plus et vous étiez débarrassé de moi.

Elle eut une moue hautaine et en même temps amusée.

— J'ai souvent pensé que vous n'étiez pas très intelligent, malgré les apparences.

— Je vous remercie !

— Il n'y a pas de quoi.

— Si, pour les apparences…

C'était la première fois qu'ils croisaient le fer ensemble.

— Que vous est-il arrivé exactement ? demanda Charlotte.

Elle écouta.

Lorsque Vincent se tut, elle avait retrouvé son regard d'acier.

— J'appelle Toli.

— Toli Salvatori. Salvatori, c'est son nom de famille. Il ne répond pas, dit-elle en reposant le téléphone. À la boutique non plus, il ne répondait pas. J'ai essayé à plusieurs reprises dans la soirée.

— Je vous avais demandé de ne pas…

— L'appartement est juste en dessous, dit-elle. Je vais sonner chez lui. Il faut en avoir le cœur net.

— Ne faites pas cela ! C'est dangereux, c'est de la folie !

Elle n'écoutait plus. Il courut après elle dans l'escalier. Sur le palier de l'étage du dessous, la porte de Salvatori était entrebâillée. Charlotte sonna, sans succès. Et Vincent ne put l'empêcher d'entrer. La minute d'après, elle revenait, livide.

— C'est affreux. Venez…

Vincent fit trois pas dans le vestibule, assez pour voir le corps, étendu de tout son long au milieu d'une grande tache sombre.

XXXI

Jamais auparavant Charlotte n'était apparue à Vincent aussi émouvante, aussi fascinante que pendant les instants qui suivirent la macabre découverte. À peine furent-ils remontés à son appartement, qu'elle avait pris sa décision :

— Il faut prévenir la police.

— Attendez, dit Vincent. Voyons d'abord ce que vous allez lui dire, à la police.

Elle se retourna vers Vincent.

— Vous voyez bien, l'homme qui a tiré sur vous, ce n'était pas Salvatori.

Il eut un mouvement de colère. Mais pourquoi tant d'obstination à le défendre ?

— Qu'est-ce qu'il était pour vous ce Salvatori ? Votre amant ?

Elle était pâle à faire peur :

— Non. Mon ami. Mon seul ami. C'est beaucoup !

Il baissa la tête, gêné d'avoir été aussi grossier.

— Vous saviez, n'est-ce pas, demanda-t-il ?

Elle ne détourna pas les yeux.

— Je savais qu'il vendait en sous-main de la marchandise volée.

— Rien de plus ?

— Rien de plus.

Il voulait la croire… De toutes ses forces.

— C'est vrai, reconnut Vincent, que l'organisation était parfaite. On travaille en équipe. Jérémie, à force de recherches dans les textes anciens, repère l'endroit où les galères romaines ont sombré avec leur butin. Quentin Le Trez est un as de la plongée sous-marine. Il remonte peu à peu les amphores contenant le trésor des Vénètes, les fameux statères. Vous et vos protégées, vous les transportez sans le savoir et Salvatori les vend à prix d'or. Mais enfin, vous rendez-vous compte que cet homme que vous appelez votre ami est un tueur ?

Une bouffée de révolte, de jalousie le submergea.

— Faut-il vous rappeler pourquoi Jérémie a été tué ? Parce qu'il allait me révéler l'emplacement du site et ainsi mettre un terme à la pêche miraculeuse. Et comment a-t-il été tué ? La tête fracassée… Oh, le coup était bien monté ! Quentin Le Trez se fabrique un alibi inattaquable et, pendant ce temps, Salvatori, que tout le monde croit à Rome, arrive à Carnac et se charge de la basse besogne.

Il vit trembler les mains de Charlotte.

— Et c'est Quentin qui a tué Toli, murmura-t-elle. Quentin, en qui j'avais confiance, que je considérais comme un petit frère…

— Quentin m'a suivi à Genève. Il m'a vu entrer dans la boutique, ou bien c'est Salvatori lui-même qui m'a repéré et qui l'a alerté. Dès lors, il devenait le maillon faible, il était condamné.

— Et maintenant…

— Et maintenant, dit Vincent, c'est mon tour. Il m'a raté. Il va recommencer. Et ensuite, ce sera vous, quand il saura – et je suis sûr qu'il le sait déjà – que je vous ai tout révélé.

Le regard de Charlotte avait retrouvé son éclat d'acier.

— Est-ce que vous acceptez de m'aider ? demanda-t-elle. M'aider à limiter les dégâts ?

— Que voulez-vous dire ?

— Je ne veux pas que mon nom soit mêlé à ce trafic de monnaies anciennes. Vous devriez faire comme moi et vous en tenir à l'affaire Backermann. Je vais appeler Estelle. C'est une amie sûre. Elle va venir vous chercher en voiture, discrètement, et vous ramener à votre hôtel. Là, vous serez en sécurité, pour cette nuit en tout cas. Ensuite, j'appelle la police.

— Qu'allez-vous lui dire ?

— La vérité, enfin, une partie. Je suis une amie de Toli Salvatori. Tout le monde le sait. Je n'ai pas pu le joindre dans la soirée. Je m'inquiète. Je descends chez lui et je le trouve mort… Rien de plus… Je ne parle pas de vous. Ne parlez pas de moi…

— Mais Quentin va essayer de vous…

— Je me charge de Quentin.

Elle était redevenue telle que Vincent la connaissait, cette petite chose ravissante, dure, efficace.

XXXII

Vincent revit Charlotte encore une fois, le lendemain, en pleine matinée. C'était tellement inespéré de la revoir si vite qu'il ne s'étonna pas de ce rendez-vous, à une heure insolite, alors qu'elle aurait dû être à son bureau. Malgré les événements de la nuit, elle était d'un calme surprenant.

— Pour Christine Backermann, il est hors de question que vous la rencontriez à nouveau. Ce serait trop dangereux. Mais Estelle a contacté le médecin qui a examiné l'enfant. Elle va vous faire parvenir une cassette.

Christine Backermann… Vincent l'avait presque oubliée !

— Quentin Le Trez, dit-il…

— Quentin se tiendra tranquille. Ne vous occupez plus de tout cela et vous n'entendrez plus jamais parler de Quentin.

Une fois encore, le doute envahit Vincent… Elle avait conclu un pacte avec Quentin. Comment avait-elle fait ? Avait-elle joué un rôle dans cette affaire ? Quel rôle ? Ces questions allaient le torturer pendant longtemps… Il leva les yeux. Charlotte le regardait comme si elle lisait dans ses pensées.

— Ne cherchez pas trop loin, dit-elle, ne creusez pas trop profond. Il n'y a rien d'autre que la fatalité.

Elle se pencha vers lui et il lisait les mots sur ses lèvres en même temps qu'il l'écoutait.

— Écoutez-moi, Vincent…

C'était la première fois qu'elle prononçait son nom. Comme une caresse que l'on n'attendait pas.

— Il faut me quitter, Vincent, il faut m'oublier !

— Jamais ! Je veux vous…

— Je suis une femme fatale, dit-elle très bas. Les femmes fatales ne sont pas forcément brunes comme Carmen ; elles ne portent pas toutes des anneaux d'or aux oreilles…

Deux grosses larmes coulaient maintenant sur ses joues.

— Je porte malheur, Vincent, je porte malheur à tous ceux que j'aime.

Il lui prit la main mais elle se dégagea vite, se leva.

— Nous déjeunons ensemble, n'est-ce pas ?

Elle fit non de la tête.

— Le dîner alors ? implora Vincent.

Elle sourit sans répondre et sur le point de partir, elle se retourna.

— Les pièces que vous aviez découvertes dans la voiture, vous les avez toujours ? Qu'allez-vous en faire ?

— Je ne sais pas.

— Il faut les rendre.

— Les rendre ? Mais à qui ?

— À la mer à qui elles appartiennent.

*

Estelle avait tenu parole. Au début de l'après-midi, une cassette fut déposée au nom de Vincent. Il la fit passer sur le magnétoscope de la salle de conférence de l'hôtel. Le médecin qui, à la demande de Christine Backermann, avait examiné le fils du ministre commentait son rapport. Le diagnostic était accablant. Malgré la précision des termes médicaux, ou à cause d'eux, le témoignage était difficilement supportable. Vincent sentit la nausée lui soulever le cœur.

Il appela la rédaction. On lui passa l'odieuse Bérengère qui, pour une fois, daigna écouter sans parler à côté. Il la mit au courant. Un quart d'heure plus tard, Denis Durandel rappelait. Il jubilait, à sa façon feutrée :

— On peut dire que tu as réussi le scoop de l'année. Tu as ta caméra automatique ? Non ? ça ne fait rien. On fera les raccords ici. La régie va nous tricoter cela. Parce que, cette fois, mon petit vieux, c'est toi qui passes à l'antenne ! Quand rentres-tu ?

Quand rentres-tu ? C'était aussi ce que demandait Margot dans le SMS qu'il trouva sur son portable. Mais Vincent n'avait qu'une idée en tête, rester.

Et fixer l'heure du rendez-vous pour le dîner. Il appela plusieurs fois pour obtenir toujours la même réponse : « Madame Nolac n'était pas joignable… » Il essaya sa ligne directe qui ne répondait pas. Puis l'appartement où la sonnerie résonna longtemps, dans le vide. Son amie Estelle ? mais il n'avait aucun moyen de la joindre... Il ne savait même pas son nom. Il rappela le cabinet Lambertini. On avait renoncé à lui passer la secrétaire. À la cinquième tentative, une voix masculine lui répondit :

— Madame Nolac ne fait plus partie de notre cabinet... À sa demande, elle poursuivra sa collaboration dans l'une de nos succursales à l'étranger...

« Non, on ne pouvait pas communiquer sa nouvelle adresse professionnelle, ni personnelle, bien entendu. »

Ainsi, le rendez-vous du matin était bien un adieu. Il avait voulu se leurrer, se persuader qu'il la reverrait, qu'il parviendrait à la toucher. Et elle était partie, sans se retourner, le laissant les mains vides. Il passa des heures à consulter des annuaires, à chercher ce qu'il pourrait faire pour retrouver sa trace.

Et, tard dans la soirée, il prit le dernier train pour Paris.

XXXIII

Un jour, à la fin du printemps, Vincent reçut une lettre, postée de Zurich. L'enveloppe ne contenait rien d'autre qu'une page d'un quotidien breton. À la rubrique de Carnac, un entrefilet avait été cerné d'un trait épais : « *ACCIDENT MORTEL.*

Un plongeur se noie, victime du mauvais temps et de son imprudence. Quentin Le Trez, bien connu dans le milieu des voileux et de la plongée sous-marine, discipline dans laquelle il excellait et où il avait, à plusieurs reprises, remporté des concours d'endurance en apnée, s'est noyé, alors qu'il pratiquait son sport favori, malgré l'avis de coup de vent donné par la météo marine. Les circonstances précises de l'accident restent à déterminer mais tout laisse à penser que, malgré son expérience, le jeune plongeur a été surpris par les courants, violents à cette période de l'année. Son corps a été retrouvé au large de Kerpenhir… »

Vincent revint à Carnac en juillet. De son passage, il avait rapporté des photos et Margot avait été conquise :

— Ces maisons dans les pins, ces plages magnifiques… C'est là que nous allons passer nos vacances !

Vincent penchait pour la Côte d'Azur, mais Margot avait tenu bon :

— À Carnac, l'air est plus tonique pour un bébé et c'est tout près de Quiberon, tu te rappelles Quiberon ? C'est là que nous nous sommes retrouvés...*

Le bébé était né en avril. Une belle petite fille qui s'appelait Marguerite, comme sa mère.

— Mais, avait déclaré Margot, défense d'employer des diminutifs ! Tout le monde l'appellera vraiment Marguerite.

Ils avaient loué un appartement face à la grande plage et le temps était radieux. Le bonheur... Un jour, en fin d'après-midi, alors que Margot et le bébé se prélassaient sur le balcon, à l'ombre d'un parasol, Vincent déclara qu'il allait faire un tour.

— Ne rentre pas tard, dit Margot. Tu te rappelles qu'on dîne au restaurant ? J'ai retenu la baby-sitter pour huit heures...

Avant de partir, Vincent vérifia qu'il avait bien dans le coffre de sa voiture, la jarre de terre cuite, soigneusement cachetée de cire. Il savait exactement où il allait. Direction Locmariaquer jusqu'à la pointe de Kerpenhir. Face à Port Navalo, Kerpenhir ferme l'entrée du Golfe. La vue était impressionnante. Il se prit à rêver. C'était là, dans cet étroit goulet où l'on pouvait suivre des yeux les jeux fascinants des courants que s'était joué le sort des Vénètes. Mais il n'avait pas prévu qu'il y avait aussi, à Kerpenhir, une plage

---

*Voir *Tempête à Quiberon - Même auteur, même collection.*

et que, sous ce soleil éclatant, elle serait pleine de baigneurs. Il dut marcher assez longtemps pour trouver ce qu'il cherchait, un promontoire isolé d'où il lança, de toutes ses forces, le plus loin possible, la jarre à la mer. Un jour peut-être, au moment des grandes marées, un pêcheur ramènerait la jarre à terre ou bien les statères des Vénètes, rendus à la mer, s'enfonceraient si profondément dans le sable qu'ils se perdraient à tout jamais.

Vincent s'était juré de rentrer directement mais il ne le fit pas. À l'entrée de Carnac, il trouva à se garer un peu avant le musée. Il marcha jusqu'à la place Saint-Cornély, tourna à gauche. Personne ne savait rien de la venelle Saint-Tugdual, pas même Jean-Luc. C'était son secret. Un secret douloureux. Grâce à Fanch à qui il téléphonait de temps en temps, il savait que la maison avait été mise en vente.

Il s'arrêta juste à l'endroit où, sur le côté de la maison blanche, on apercevait un bout du jardin de curé. Le portillon était ouvert. Il entra. Le jardinier était là qui rangeait ses outils. Vincent lui tendit la main.

— Vous me reconnaissez ?

— Bien sûr que oui, vous étiez venu voir monsieur O'Neill, vous êtes un ami de madame Nolac…

— Vous savez où elle vit maintenant ?

Le jardinier parut surpris :

— J'allais vous le demander. Elle n'a plus donné de nouvelles. Elle n'est plus jamais revenue ici. Remarquez… après ce qui est arrivé à monsieur O'Neill, ça se comprend.

— La maison ?

— La maison a été vendue… en trois jours. Les nouveaux propriétaires sont des gens de Lille. Ils viendront au mois d'août… Ils m'ont demandé de continuer à m'occuper du jardin. Vous voyez, tout est comme autrefois.

Vincent s'était assis sur le muret. Il regardait autour de lui. Le minuscule jardin croulait sous les fleurs. La brise de mer s'était levée. Le jardinier enfila sa veste.

— Ça se rafraîchit. Demain, il se pourrait bien qu'on ait de la pluie. Bon, faut que j'y aille.

Vincent allait se lever. L'homme l'arrêta d'un geste.

— Faut que j'y aille, mais vous, si vous voulez, vous pouvez rester un peu. Vous fermerez le portillon.

Avant de partir, il se tourna vers Vincent avec un bon sourire un peu gêné.

— Vous savez, dit-il gauchement, je vais vous dire, les femmes, quand elles sont trop belles, c'est pas bon signe…

Vincent entendit le loquet du portillon et le ronronnement de la fourgonnette qui s'éloignait. Il resta là un long moment à regarder un volet bleu qui battait doucement sur la façade de la maison déserte.

FIN

125, Vieille Route de Rosporden - 29000 Quimper
E-mail : editions.alain.bargain@wanadoo.fr
Site Internet : perso.wanadoo.fr/editions.bargain

ÉDITEURS DE BRETAGNE

Dépôt légal n° 3 - 3er Trimestre 2004
3e tirage - Dépôt légal n° 15 - 3e trimestre 2006
ISBN 2-914532-36-9 — ISSN 1281-7813
N° d'Impression : 607031
Imprimé en France

Aux Éditions Alain Bargain

Dans la collection
ENQUÊTES ET SUSPENSE :

Marie-Françoise Marchal
- Frissons en Morbihan *(épuisé)*

Jean-Jacques Gourvenec
- Chasse au congre à Lannilis
- Scénario macabre à Saint-Pabu

Patrice Rousseau
- Le faussaire de Pont-l'Abbé

Stéphane Jaffrézic
- Chili-Concarneau
- Ville bleue et beaux dégâts

Jean-Pierre Le Marc
- Matin rouge au Guilvinec
- Soirées noires à Penmarc'h
- Double vie à Loctudy
- Signes de sang à Lesconil

Cédric Labb
- Les Démons du Midi
- Les Muses de Savoie

Jérôme Lucereau
- Anévrisme
- Chef-d'œuvre meurtrier à Lorient
- L'affaire Callac *(épuisé)*

Bruno Ségalotti
- Filouteries en Côtes-d'Armor
- La Phalange de l'Argoat
- Breizh Connection

Philippe Lepeuple
- Samba ni loi en pays nantais
- Poulets de Brest *La mauvaise farce (épuisé)*

René Le Clech
- Baston chez les voileux

Yves Horeau
- Une retraite pas très spirituelle

Luc Calvez
- Le fils du Tigre
- Les Graffeurs du Ponant

Michel Renouard
- La Java des voyous
- Les castrats de Bombay
- Requiem sur le campus
- Le bouillon de minuit
- La farine du Diable
- La Vénus de Malifeu

Jean-Luc Le Pache
- Bréhat-culpa *(épuisé)*

Jean-Christophe Pinpin
- Qui voit Groix voit sa croix
- Qui voit Sein voit sa fin
- Qui voit Ouessant voit son sang
- Qui voit Belle-Ile voit son île
- Qui voit Molène voit sa peine
- Toulouse au bout du siècle
- Traque à Hoëdic *(épuisé)*

Aux Éditions Alain Bargain

Dans la collection ***POL'ART :***

Serge Le Gall
- Sombre dessein à Pont-Aven
- Meurtres du côté de chez Proust
- Eaux-fortes à Sainte-Marine

Loïc Gourvennec
- Le râle du basson

Yves Horeau
- Monsieur Butterfly

Renée Bonneau
- Nature morte à Giverny *(épuisé)*
- Séquence fatale à Dinard *(épuisé)*
- Sanguine sur la Butte

Stéphane Jaffrézic
- Toiles de fond à Concarneau

Aux Éditions Alain Bargain

Dans la collection
ENQUÊTES ET SUSPENSE :

Serge Le Gall
- La secte de l'Aven
- Sables mouvants à Bénodet
- La Douarneniste et le Commissaire
- Corps-mort à l'Île-de-Batz
- Traque noire à Audierne
- Fugue mortelle en RÉ

Françoise Le Mer
- Colin-maillard à Ouessant
- La Lame du Tarot
- Le Faucheur du Menez-Hom
- L'Oiseau noir de Plogonnec
- Blues Bigouden *à l'Île-Chevalier*
- Les Santons de Granite rose
- Les Ombres de Morgat
- Le Mulon rouge de Guérande

Chaix d'Est-Ange
- La filière d'Arradon
- La petite dame de Locminé
- Ratissage dans le golfe
- L'Écluse de Malestroit
- Copie conforme à Larmor-Baden
- Les Truands de Saint-Goustan
- Coup de barre à Étel

Michèle Corfdir
- Le Crabe
- Mortel Hiver sur le Trieux
- Chasse à corps à Bréhat
- Larmes de fond ou le retour du crabe
- Vent contraire à Loguivy-de-la-Mer
- Herbes amères à Belle-Isle-en-Terre

Gisèle Guillo
- Dernier rendez-vous à Vannes
- Du Léman au Morbihan
- Tempête à Quiberon
- La Belle de Carnac
- Le Saigneur de Quimper

Solenn Colléter
- Lettres de sang sur la Côte Sauvage

Annie Le Coz
- Les Maudits de Kérogan
- Plumes sèches à Beg-Meil
- Quimper sonne les cloches

Anne-Soizic Loirat
- Lorient l'interdite

Martine Le Pensec
- Onde de choc sur Fermanville
- Angoisse sur Penmarc'h

Alex Nicol
- Mystères en Finistère

Bernard Morin
- Trahison à Guerlédan

Jean-Pierre Bathany
- Camaret au Vitriol
- Double Je Nantais

Patrick Bent
- Erquy profite le crime
- Le macchabée du Val-André
- Saint-Cast priez pour eux !

Philippe-Michel Dillies
- Meurtres à Monnaie
- Chasse à Tours
- Train d'enfer à Saint-Pierre-des-Corps

Firmin Le Bourhis
- La neige venait de l'Ouest *(épuisé)*
- Les Disparues de Quimperlé
- La Belle Scaëroise
- Étape à Plouay
- Lanterne rouge à Châteauneuf-du-Faou
- Coup de tabac à Morlaix
- Échec et tag à Clohars-Carnoët
- Peinture brûlante à Pontivy
- En Rade à Brest
- Drôle de chantier à Saint-Nazaire

Christophe Chaplais
- Pâté de Corbeau aux amandes amères
- Le calisson jusqu'à la lie
- Farz aux herbes de Portsall
- Addition salée au Croisic

Jacques Caouder
- L'Occise des Landes
- L'Évadée de Brennilis
- Le Mort de Brest-Les Abers
- La Troménie noire
- Rumeurs mortelles à St-Renan